感动心灵：最受欢迎的微型小说名家名作系列

大名鼎鼎的越狱犯哈雷

——谢志强魔幻小说

谢志强 著

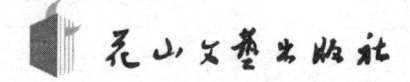

花山文艺出版社

图书在版编目(CIP)数据

大名鼎鼎的越狱犯哈雷:谢志强魔幻小说/谢志强著. -- 石家庄:花山文艺出版社,2005(2021.8重印)
(感动心灵:最受欢迎的微型小说名家名作)
ISBN 978-7-80673-716-3

Ⅰ.①大… Ⅱ.①谢… Ⅲ.①小小说 – 作品集 – 中国 – 当代 Ⅳ.①I247.8

中国版本图书馆 CIP 数据核字(2005)第 082370 号

丛 书 名:	**感动心灵:最受欢迎的微型小说名家名作系列**
书 名:	**大名鼎鼎的越狱犯哈雷**
	——谢志强魔幻小说
著 者:	谢志强
策 划:	张采鑫 滕 刚
责任编辑:	卢水淹
特约编辑:	高长梅
美术编辑:	齐 慧
责任校对:	童 舟
装帧设计:	大象设计工作室
出版发行:	花山文艺出版社(邮政编码:050061)
	(河北省石家庄市友谊北大街 330 号)
销售热线:	0311-88643221
传 真:	0311-88643234
印 刷:	永清县晔盛亚胶印有限公司
经 销:	新华书店
开 本:	787×960 1/16
字 数:	180 千字
印 张:	12.75
版 次:	2005 年 9 月第 1 版
	2021 年 8 月第 2 次印刷
书 号:	ISBN 978-7-80673-716-3
定 价:	39.90 元

(版权所有 翻印必究·印装有误 负责调换)

目录 CONTENTS

(1)引子:圆

第一辑 一方丝巾

(6)大名鼎鼎的越狱犯哈雷
(9)圣果
(12)轮回
(14)钥匙
(17)门卫
(20)大海
(23)一方丝巾
(26)阿斯塔娜
(28)雄辩大师罗门
(31)灵魂的居所
(34)春天
(36)黑羊
(38)牧羊狗
(40)金鱼
(43)小鹿烛台
(45)一棵树

MOHUANXIAOSHUO

(47)门徒

(50)先知的声音

(53)耳朵

(56)替身

(58)影子国王

(61)容器

(63)审判

(65)国王的信使

(68)剑

(70)兵器行动

(73)王袍

(76)猴子

(78)天穹塔

(80)历史

(82)墙石

(85)重现的铜镜

(88)镜子里的公主

(91)拐杖

(93)花瓶

第二辑 镜子里的公主

MOHUANXIAOSHUO

(95)珍珠

(98)珠子的舞蹈

(101)征服

(103)一个未来国王的梦

第三辑 神奇之泉

(108)一滴海水 一颗沙粒

(111)一撮沙粒

(113)孤独

(115)譬喻

(117)征服

(120)桃木酒杯

(123)中国套盒

(125)不落的太阳

(127)真实

(130)两个王国

(133)神奇之泉

(136)永恒

(138)隐蔽的部分

(141)一个国王的战争

(143)失眠

第四辑 梦中杀手

(146)映像
(149)盖棺
(154)拥抱的权利
(157)演习死亡
(160)一把世上最小的六弦琴
(163)猫公主
(165)标志
(167)一个人的都城
(170)清白
(173)半年
(176)梦中杀手
(178)夸大
(180)一支箭
(183)钱包
(186)无情的命令
(188)落日
(191)事实
(194)公主花
(196)遗书

引子：圆

据传，他叫源，或叫原，或称圆（鉴于未有文字记载，而口头传说这三个字发音都一样，于是，我由《沙埋的王国》推测，他叫源，或原，故事都源于他的大脑，而他的体形吻合这个圆，此处，我权且称他为圆吧）。

据传，圆生着一个硕大而又饱满的脑袋。他看什么记住什么，听什么记住什么，强闻博记，无所不知。渐渐地，他的脑袋在膨胀，类似气球。目睹耳闻是气，他的脑袋随着记忆容量的增加，头形在相应地扩大。好像他短暂的生命浓缩了人类200万年的进化，智力超前地体现在他那颗脑袋，而他的身体其他部分在萎缩，肢体犹如蝌蚪的尾巴，终于，他像他的名字那样，是一个圆了。

据传，他偶尔行走，已相当艰难。他已是个球体，他行走，是一个球体在移动，远远看去，仿佛是在滚动，四肢可怜得如同短小的支撑，他的脑袋由于迅速地膨胀，发须已秃脱，脑袋似乎透明，新生的婴儿那样。一天，人们听到了一声爆炸，类似圆球过量充气，承受不住，爆破了。

他的脑袋已岩化，是一页一页的碎片，当然还保留着核桃肉那样的形状，却更似一叠叠岩片。据传，他的大脑容纳着整个王国（或说宇宙）的历史，简直是一个浩

瀚的书库,没有边际的书库,会发出声音的书库。

据传,飞散开来的碎片留着岩画一样的文字,都是他目睹耳闻转化的结晶。人们纷纷捡拾那些碎片。国王专门派出差役搜集散落的碎片,还是有些碎片流失到民间。据传,国王那时认为,一个王国的历史消失了。一个王国不能没有过去,而未来又孕育在过去之中。明智的国王组织了专门班子征集、搜集整理圆的遗物——大脑的碎片。

国王钦定了《源源消失的王国过去时代过去民族的诸种历史》的书名。据传,国王未曾料想,对一个脑袋的容量的整理竟然是一个浩大的工程。这是一棵知识的古树,有无数发达的枝杈,每个枝杈又分蘖出无数的小枝杈,都可无限地延伸和生长,每一个小分枝,又挂了无数的叶片,叶片的叶脉又似一棵树一样丰富。一棵树几乎包含了整个王国,甚至宇宙,都可以在其中听到回音,得到印证。

《沙埋的王国》仅仅是其中的一片叶子。这是一本幸存的王国的故事,单是它,养育了一群编纂者、阅读者、说唱者,它提供了王宫和民间无数人的饭碗。单是王宫,整理者、注释者,还有对注释的疏注、补注、再注、诠释,甚至派生出的注释数量数倍于《沙埋的王国》,由此构成了一门独立的学问。由一部书引证相关的书(包括口头传承),相当的书又涉及更为浩瀚的书,那是可以无限延伸的空间。

国王由此感到自己是整个悠久的长链中的一个小环,他当然自豪。烦恼之时,他聆听了《沙埋的王国》,那些故事填充了他的空虚,却也猜疑那是预言,他想到了不可避免的战争。他不过接触了圆的边缘,那时不时闪烁的启示像天空中的无数繁星,他担忧未来了。据传,国王不断地做噩梦,尤其一场梦里,他大汗淋漓,汗水像暴雨,消灭了一场大火,他看到飞起无数只蝴蝶,是书的灰烬。

战争的阴影笼罩着国王,像沙漠腾起的沙暴。据传,国王发出了紧急旨令。《沙埋的王国》便是旨令的范围。国王认为,永远不让它消失,犹如他的王国,惟一的方式是进入民间。按照等级的层次(相当于当今的国家和省、地区、县、乡、村,我想,这样便于阅读便于理解),将《沙埋的王国》拆散开来(仅列举这一本,我说过,它仅仅是书之树上的一片叶子),分摊到各地、各层。这样一级一级地承担它的内容,又不重复,最后,落实到当地的某一个人——智者。于是,《沙埋的王国》(当然还有其他的书籍)活在了整个王国,它的碎片在背诵了它的人们的头脑里生长。

战争爆发了(圆的预言应验了),首当其冲的是王宫的书库,国王看到乌云一样的黑蝴蝶。他庆幸自己的决策。战火漫延到了整个王国。那些熟记某一个碎片的智者也有难逃一劫的,可更多的智者隐匿起来。一个智者死去,便是一个故事消失(所以,我不敢轻率地断定现在这部《沙埋的王国》是全编)。国王在部署保护"历史"的时候,采取的是不重复策略,可他预料不到一个人逝去,便带走了一个部分,像一片树叶凋零。

战争使《沙堆的王国》残缺(我仅仅搜集了其中很小的碎片,它一代又一代地口头传承,不知在传承过程中,有多少是添枝加叶,有多少是削减删除)。据传,那位国王说:我不会让王国消失(这本身就是预言,岁月的沙粒淹埋了这个王国,我想,王国在这部书里,这部书就是一个王国了)。他临死时说:王国永恒(我倒是愿意理解为是书之树常青,这部书的命运如同一个圆)。

都城又恢复了过去的习惯。日出而作，日落而息。人们可以看见一个疯疯癫癫的人白天黑夜不停地走着，他在寻觅。人们说他是惟一的一位在白天黑夜都能看清事物的人，他穿梭在两个世界里。索性说，他在梦游。人们听不懂他在呼喊什么，反正他不停地在呼喊，嗓子沙哑了，他还在呼唤。

第一辑

一丝方巾

大名鼎鼎的越狱犯哈雷

> 除了睡眠,他还能干什么呢?睡眠能够提供无限的机会。

谢志强魔幻小说

大名鼎鼎的越狱犯哈雷在一片街头小吃铺被两个捕快捉拿了。他正在吃一碗洋葱面,吃得有滋有味。他说我填饱了肚子就随你们走,当初,我就是肚子空得受不了犯了你们的事。

哈雷早料定有这么一天会那样,他喝尽了面汤,撸了一把留着胡须的下巴——那是街头巷尾张贴的通缉告示描绘的形象的突出标志。他说,我们走吧。那口气,倒似两个捕快是他的保驾。

哈雷的名气靠的是越狱赢得,再牢固的监狱,不出几天,便没了他的踪影,狱卒不知为他遭受了多少惩罚,可是监狱里查不出他逃跑的痕迹。这回,他被关进了一间特别的牢房,窗户容不下一个脑袋,墙壁一律采用花岗石而且用料厚实。

哈雷几次三番越狱,狱长已被削职,当了一名普通的看守。他发誓要挽回名声地位。锁了牢门,他对哈雷说:这回,你变成小鸟也飞不出去了。

哈雷的手和脚都戴上了沉重的镣铐。他挑衅性地冲着铁栅门的看守笑笑,说:过两天,我想出去散散心呢。

看守说:咱俩打个赌,你有本事出去,我在家里摆一桌酒席,替你接风。

哈雷说:现在,我先睡个安稳觉,到时候,我保准登门拜访。

看守说:你不是属鸭的吧,肉煮烂了,嘴还硬呢。

哈雷说:想像可以冲出牢笼,等着瞧吧。

哈雷合起了眼,他想,谁能控制我的想像翅膀飞翔呢。看守隔一阵,来看一趟,哈雷竟打起呼噜。其实哈雷真的睡着了,不过,他的梦里,出现的是一座一座的监狱,不知过了多久,他苏醒了,一身轻松,他望着高处的蜂窝似的小窗户,他知道又一天开始了,他的脑子里被一座一座监狱占据着,都是他蹲过的地方。

他开始怀疑自己的想像能力了,他担心热闹的街市、茂密的森林、辽阔的蓝天不再进入他的梦境,而他凭借的就是这些,难道一次一次蹲坐监狱,逐渐斩断了他的想像翅膀?

他再看见铁栅门对过看守的面孔的时候,他懒得瞧了,那得意的表情像无数根绳索捆绑着他,他痛苦地凝视着厚重的现实——压抑的花岗石墙壁。他索性摊手摊脚地躺着。除了睡眠,他还能干什么呢?睡眠能够提供无限的机会。还是睡吧。临睡之前,他听到了一声鸟鸣,或许是一只笼中的鸟的婉鸣,却很悦耳,他倒愿意想像它在一片叶茂的枝头歇息。而且,他听到羽毛在风中呼扇的气流声。

于是,第二天,他站在了一片森林里,那是城外不远的田野。他庆幸自己的想像还没有枯竭。不过,他想到了约定,看守承诺的一桌酒席,确实,饥肠"咕咕",他撸了撸胡须,打算替胡须间的嘴巴了结一桩事情那样,他往城里走。

城门一侧,又张贴出通缉他的告示,悬赏奖金高出上次。只是,士兵只查出城人,谁能料想一个越狱者还愿自投罗网。他径直前去看守的家。他闻到了那里飘来的肉香。看守正在显示自己的烹饪手艺。

哈雷步入大院,远远地拱手道谢:让你破费了,实在抱歉。

看守正忙乎,喊:沏茶,哈雷,你稍候,我再露两手。

呷着酽茶,哈雷甚至想哼一段小曲,可他克制了冲动。只一会儿,看

守解掉围裙,说:好了,来酒。

俩人对坐。看守说:你的身价看涨嘛。哈雷说:要不,我补偿你。

看守说:你放心,我可没布设陷阱,我清楚,再坚固的牢房也关不住你了,我只是想请教请教你。

哈雷一仰脖,吱溜,一盅酒热热地落肚,他说:谁能料到,我在你这呢。请讲。

看守说:你现在在哪里?

哈雷说:不是在你府上吗?

看守摇头,说:你又回老地方啦!

哈雷乐了,欲说不可能。但是,他忽然察觉他坐在两天前进去那样的牢房里,他的脑袋顿时缩小了,像是掉进了一个深不可测的枯井。

看守已经隔着铁栅门冲着他微笑。一连数日,他的梦境里出现全是牢房,牢房,牢房。牢房主宰了他的脑袋,他已失却了梦见其他事物的能力。牢房是他的大脑了,他又装在自己的脑袋里,后来,他连梦都不做了,一个一个夜晚,像是一个空穴,时间消失在里边,没了进展。看守又恢复了原职,狱长颇为得意,说:天底下惟我能降服你,这是我俩的秘密。

圣 果

> 他预言：这是吉祥的果实。

他是国王通缉的逃犯。他只得逃入沙漠。走了数日，他发现了一个居民区。居民盛情地款待了他。他当国王的念头又复生了。可是，他得让居民臣服。

他看见了屋后生出的一株树苗。不知哪只飞过的鸟遗留下的一粒种子。种子似乎找着了适宜生长的土地，一个劲儿地蹿上来。他耐心等了三年。树结出了果实。他惊奇地发现，没有开花，竟结出了果实。无花之果。

他宣布自己是个上天的使者，而且，诡秘地透露使者的身份。天机不可泄露呀。居民都用崇拜的目光打量他。

这是一块贫瘠的土地，树木稀缺，一棵果树便十分惹眼。那是老老少少都不曾尝过的果品。他预言：这是吉祥的果实。他在树枝上系了布条。虔诚的居民默念着"吉祥的果实"。

居民拥戴他为国王——圣果教主。生育、生长之

果。那累累的硕果象征着居民后代繁衍、生活富足的愿望。他声称只有上苍的使者能够担当国王的重任。

他口头颁布了第一号圣规——那是没有书面文字的地方。他说：所有臣民每天只准吃一个水果，违者将遭到严厉惩罚。

他还渲染，那是神圣的果品，它可以持续抵挡饥饿的侵袭。他要求臣民想像圣果永驻腹中的情景，那样，饥饿这个魔鬼便不会接近。

这样，他的臣民不敢再言饿了，那是一个忌讳的词语，相应的，"肚子空了"也不能提起，那样便落得"不诚"、"不敬"的罪名。小孩哭着闹吃，父母常常担惊受怕地制止。年复一年，渐渐地，人们习惯了这种状态，失却了对饥饿应有的反应——很少看见胖或壮的人影。

后来，这个小小的王国各处都生长出了这样的果树，私下里称它为无花果。圣树覆盖着绿洲，呈现出一派勃勃生机。可是，人们面对着累累果实的树，还是忠实地执行圣规：一天只食一个水果。

人们害怕多吃一个将带来天遣。何况，继位的国王严格履行先王的遗嘱，设立了庞大的稽查队伍，他们无处不在。个别违规者第二天悄然地消失——人们发现熟悉的人失踪了，猜定那人违犯了圣规。

人们只能眼睁睁地望着成熟的果品自生自烂。这个王国苍蝇猖獗起来，哪个臣民的嘴巴叮了个苍蝇，立即是嫌疑的对象。人们跪在树前，默默地祈祷着，吸着无花果的甜香，似乎沉浸在虔诚之中。

人们已经习惯了圣规确定的生活，没有勇气放弃它，哪怕灵魂深处闪过一个念头，他们感到愧疚，便面对圣树忏悔。

后来，有个小孩，很受父母宠爱，他嚷着：我还要吃一个，还要一个。

父母吓得打战，还没来得及去捂小孩的嘴，便被当场擒拿。

国王看这小孩的样子机灵、可爱，大概那天国王的心情颇佳。国王说：你吃过一个了吗？

小孩毫无惧色，说：我还要吃一个。

国王说：为啥还要一个？

小孩说：树上有那么多果子，吃到肚里不会坏掉。

国王允许小孩吃第二个无花果。小孩吃得有些仓促——显然，小孩常常偷食。无数苍蝇凑近小孩沾着糖浆的嘴巴。

国王的脸阴沉下来,说:先王的神灵在注视着我们,惩罚这贪食的孩子吧。

于是,那条圣规不可阻挡地显示它的威严。悄悄地,一个行业在兴起,国域里冒出了许许多多的陌生面孔,运走了大量的无花果,暗地里耻笑这个王国——瘦子的王国,他们不愿让过时的果实重返出生的泥土。

过了几年,这个无花的王国被吞并了,是通缉他们"先王"的那个王国一次轻而易举的征战。

轮 回

> 顺行和尚笑着,说:不知生,焉知死?我不也要往生吗?最后,还是印着尘泥。

年轻的国王亲自出城门迎接远道而来的顺行和尚。国王拨款建造了一座佛寺,有意邀请顺行和尚前来住持。

顺行和尚徒步出现在城外无限沙漠的一条道上。他背负大包小包的衣物,好似另一个胖子俯着他的脊背。

国王想:这个和尚,心思放在穿着上面了。国王并没有直接送顺行和尚到佛寺,而是接进王宫,素食款待。宴毕,国王赠他一百件衣服。

国王说:这都是宫内敬慕大师的侍女捐供的丝绸衣物,说:它们还年轻气盛呢。

顺行和尚显出了对衣物的喜爱,甚至用手去抚料子的质地。

国王说:大师,可知它的原料来自何处?

顺行和尚说:蚕吐出的丝。

那么蚕丝又怎样形成?

蚕食桑叶。

桑叶呢?

桑树上采摘。

谁种桑树?

农人在土地上种了桑树。

国王笑了,说:难怪大师这样珍惜衣物,不过,我倒见过蚕吐丝的情景,吐尽了丝,裹住了自己,便成了茧子。

顺行和尚双手合十,闭目,念:阿弥陀佛。

隔数日,国王有意打听百件衣物的下落。而且,听说顺行和尚在悄悄地处理。那天,国王声称前去佛寺参拜佛祖。寺庙香火缭绕,信徒云集。

顺行和尚正在闭门坐禅,还是破例陪了国王交谈。

国王注意到顺行仍穿着那件袈裟,便问:大师,那丝绸料子的衣服难道换不掉你这粗布袈裟?衣要穿,衣服的生命价值只有穿上才能体现出来。

顺行道:陛下,一百件丝绸衣物已施舍给穿破衣烂衫的贫民了,它们都有了主人。

国王说:那一百件换下来的破衣旧衫呢?

那仅仅是个衣衫的形状,只能拆了铺床垫被了。

床单再睡破了呢?

可作擦台桌灰尘的抹布。

抹布再破了呢?

擦脚布,省得把泥土带上床。

再烂了呢?

可以沤烂、发酵,施进泥土里,供养桑树。

国王大为钦佩,说:衣物力图摆脱尘土,可是,泥土还是它最后的归宿,又是一个轮回。

国王发现顺行和尚臂肘处一个即将破漏的布裥,那是摩擦和浆洗的结果。

顺行和尚笑着(他的笑是面对万事万物超然的笑),说:不知生,焉知死?我不也要往生吗?最后,还是印着尘泥。

国王说:大师,惭愧惭愧。

钥 匙

> 他的心目中，王国浓缩在这把钥匙里，他执掌着王国，他就是这么偏执地思忖着。

"不用这把钥匙，这房子就没人能够进去。"

父亲移交钥匙的时候这么自信地说。父亲守护了一辈子房子。现在，他继承了父亲的职责，接过那把一米多长的钥匙，他不曾见过那么大的钥匙。

"这房子里关着什么？"

"你管它干啥？国王安排的差事就是守护这座房子，你好生保管住钥匙。"

他还是个小伙子，强烈的好奇驱使着他，只是，未经国王的指令，任何人都不得擅自进入这房子。他受不了好奇的折磨，时不时地打听着房子里关着什么；那都是王宫里的官吏，竟然也不知道。

好奇使他每天的生活都充满了企盼和兴奋，他作了诸种猜测，是国王在各地搜集的珍宝？是国王……可是，百思不得其解。渐渐地，好奇弄得他精神疲倦了。他听说，先王曾打开过一次房子，搬进了什么，又是一个谜。继位的现在的国王也进去过一次，又搬进了若干箱东西，搬运的侍从过后便消失了。

他慢慢地安静下来,起居、饮食有条不紊,这是一个美差,仅仅是保管好钥匙。他把钥匙拴在裤腰带上边,甚至,钥匙成了他的佩饰。早晨起来,他摸了摸钥匙,立刻感到那座房子的存在,他牢记父亲的嘱咐,相信进入房子的关键在钥匙,那是惟一的起点。他期待着国王哪一天前来。这样,他生出自豪,因为,这个王国,除了国王,就是他,掌握着这座房子的秘密,惟一的区别在于,国王知道,他不知。可是,关键是他守护着这个秘密。

于是,他掌握的钥匙像是超越一切的权力(国王不也是借助它吗)。他倒是愿意把钥匙看做是权力的象征。腰里挂着钥匙,趁四下无人,他摆出了国王的架势,挥挥手,只是,他不知道调动、指挥的是什么,要干啥。

他不再在乎偶尔走过的官吏(平民绝对不敢涉足这座房子的周围,这一点,证明了房子里的秘密的重大),甚至,时而出现的骚乱、动荡都不入他的眼和耳,甚至,他认为,这座房子震慑着王国的局面。他不断地用手去摩挲钥匙,钥匙显出了金属的光泽——那简直像一把利剑。

那把钥匙在漫长的岁月里伴随着他,他接近了父亲的衰老。他对房子里未知的好奇已枯萎,惟有钥匙是可以把握的真实。他的心目中,王国浓缩在这把钥匙里,他执掌着王国,他就是这么偏执地思忖着。

一天,一个千篇一律的一天,一位官吏来了。他的眼里,那一张张交替出现的脸也是千篇一律,只是官服显出了特别——标志着差异。他想着该像父亲一样交接了吧。

官吏说:你还在这呀。

他说:我并没有接到国王的传令,我不能离开。

官吏说:已经没有必要守护了。

他说:我的父辈开始,直到我,都吃这碗饭呢。

官吏说:国王换了,墙壁开了。

他说:可我掌握着钥匙,没有钥匙,怎么开?

官吏说:你不要以为不通过钥匙就不能开。

他说:没有钥匙,谁也进不去。

官吏说:钥匙已没用了。

他愕然,说:怎么没用了?

官吏说:随你,只是,房子已打开了。

他毕生的好奇便浮出来,说:我守了一辈子,我父亲也守了一辈子,我只想问,房子里关着啥。

官吏说:啥?历史,这个王国的历史。

他说:你是说,现在,我们的历史被盗走了?

官吏轻蔑地笑了,说:王国发生了什么,你难道不知道?我们的历史已纳入了别国的历史。

他说:我真没想到我们的历史关在里边。

官吏说:都差不离,现在没了我们的历史,那把钥匙你留着吧。

他替钥匙哀伤,一把失却了门的钥匙。他说:我护了它一辈子,它只能跟我了,可怜的钥匙。

门　卫

> 最平常的东西一旦神秘就尊贵起来了。

我已经走不动了。本来,我可以来回巡逻,履行我的职责,偶尔,打个盹,我相当警觉。我得守着这个屋子。我可能一辈子没睡过一个囫囵觉。我已经习惯了。现在,我实在犯困了。我知道一旦睡觉,可能醒转不过来了。我知道房主是个"尊贵"的人。都这么羡慕他,好像我的地位也水涨船高了。

我说一辈子,是我清楚我的大限已到,瞌睡像虫子,装满了我的躯壳。我的躯壳如同一个出土的陶罐,瞌睡虫一个一个地钻进去,它们涌满了。我已经支撑不住了。

我坐在门口,背脊倚着门板,屁股坐在垛起的土坯上边。早几年,我已经在筹备,远远近近,一块、半块的土坯,我都捡拢来,路过的车辆颠落的土坯,我好像捡了金砖一样,别人都不理解。我附近始终游走着一些陌生的面孔。

土坯垒得遮住了下半截门板,我坐在土坯的窄窄的平台上边。我说来开吧,要开先开我。似乎我是一把老旧的锁。确实,我想像我是一把牢不可开的锁。有时,我

想,我是一只将死的老虎,那些晃来晃去的面孔,瞅着我,等待我断了气儿,他们饿极了似的瞅着我,眼神流出贪婪。现在,他们似乎可以耐住性子了。

我知道一样我害怕的东西渐渐走近了我,好像说你可以随我来了。我已经不抱什么希望。房主竟然一次不来,他仅仅是口头转告让我看守他的房子。他不来,我的理解是他在考验我,我这个人认的就是这个理,你信任我,我能辜负你那番心意吗?我这一辈子全都耗在那份信任里了。主人不来,不就是信任我吗?

我猜,房主是不是遗忘了他拥有的财产?我说财产,当然指房子里的东西,房子值多少钱?那么多年过去,风吹雨淋,已破败了,只是,看不见屋里究竟存放着什么。

曾经,我真想偷偷地看一看里边的东西,我没钥匙,不过,我隔三差五都应付前来开门的人,他们有钥匙,不同的钥匙。我想,这扇门装的什么锁呀。都声称是房子的什么亲戚、朋友。可是,他们出示的钥匙千奇百怪,甚至有一把是贝壳化石,边沿呈锯齿形。他们显然编了谎,说得差不离,目的是能打开门锁。

凭这,我知道屋里存放着稀世珍宝,而且是祖传之宝。可是,当初,我受聘守门,只知非房主不得开门。我曾设法转告房主我的情况,只是委托了几个人,我渐渐意识到他们不可能碰到房主,或者根本不认得房主。我没有房主的音讯。

一度,我想这是房主的考验,他或许一直在观察着我。我得用实际行动证明他信任我没错。不过,我没必要隐瞒,那一次次显示钥匙的陌生面孔出现,增强了我对屋内的好奇。弄得不好,我能继承遗产。现在,我靠定期转来的费用维持生活,将来,我不用愁了。我忠于职责,房主肯定知道,他替我的晚年考虑到了。我相信。那么多人打房内的主意,房子里边的东西一定价值连城。

我阻挡不住瞌睡。我想我像是塑像———一尊门卫的塑像。我的身体轻轻地飘起来,坐在云端。云在挪移。我醒了。我发现我躺在门前的地上。门洞开了。我垒的半堵墙拆开了,那把古老的锁丢在我脚前。

我说你们……让我看看。他们耷拉着脑袋出来,像挨了一顿臭骂,两手空空。我爬进去,看见屋中一座塑像——好像是泥胎塑像。揉揉眼,看清了,是一个人,坐着,我知道他是房主,跟我梦见的差不多模样。难道他一直住在没有窗户的屋子里?又是空落落的房子,布满了蜘蛛网。我失望地说:我一直以为你知道我多么可靠。我发现了一个条子,是房主的遗言。有人宣读(嘲笑的口气,也像自我解嘲):最平常的东西一旦神秘就尊贵起来了。

大　海

> 他走出花园的最后一刻，回望了守门人一眼，好像守门人望着他走进大海——瀚海。

　　据传，有一个海边的王国，国王派兵征服了沙漠的王国。可是，海边王国的国王看不起沙漠的王国，浩瀚的沙漠在他眼里，仅仅证明他的王权的浩大，他自豪沙漠已纳入他王朝的疆域辽阔的版图。国王豪壮地说过：我就是大海。

　　海边王国的国王有个美誉：纳贤君主。他统治的海边城堡，聚集了各地的名贤，不过，他并不使用他们，而是授予荣誉，把他们养起来。他很自负，认为他是王朝最圣明最聪明的君主。

　　征服沙漠王国后，城堡的名贤纷纷自荐、转荐，打算前赴沙漠，跃跃欲试，想发挥才能。可是，国王蔑视沙漠，它毕竟使他付出过残酷的代价。何况，他害怕迷宫般的沙漠。他声称要把最卑贱最无能的奴仆遣往沙漠执政，以表示对沙漠的惩罚——内心深处他有着报复的快感，况且，满城的名贤在他眼里，没有他的慧眼，谁能招纳他们？他认为，没有我，能有你们？

　　于是，国王选中了一个守门人，王家花园的守园人，他任命守门人担当沙漠疆土的最高长官时,他想,一旦守门人把那片地方弄得一团糟了,再由他出面治理,岂不显出他的英明了。

国王期待着,他要求定期呈报沙漠的治理情况。渐渐地,他发觉,王城原来养起来的那些名贤陆续地"失踪"了——去向不明,而且,不辞而别,这伤了他的尊严。他派出无数探子暗查他们的下落,却查不出个眉目。不能容忍的是,已听到臣民流传:守门人是沙漠里的大海。

沙漠不断传来喜讯,绿洲面积在扩大。而且,奇怪的是,王城的树木在枯萎,时值夏日,树叶纷纷凋零,街上的落叶,风一吹,像一群群失却了头羊的羊群,盲目地拥来拥去。国王曾记在一部远古的书里有记载,他们所处的大海,曾是沙漠,而守门人(他的心目中守门人就是守门人,不过是他边疆那块版图的守门人)执政的沙漠,曾是茫茫大海。他惊奇地看见过沙漠里的贝壳,那是惟有大海才有的礼物。

一次,探子押来一位贤士,算起来,还是他王族的血统。他问贤士那么久没露面,隐居何处了。贤士告诉他:没有隐居,是去了趟沙漠,那里正在复苏、振兴,而且,许多贤士都慕名前往,有了用武之地。

难道他们忘了我的恩泽?国王想。他说你们究竟需要什么。贤士说只想干些事情,那里善待了我们。国王动怒了,说你们投奔他,可他不也是我王权照耀的范围吗?我可以填平大海。

国王发了一道密令:赐予守门人一双瞎眼。不久,守门人双目失明,是喝了王室配制的一种药酒。守门人不得不喝。而且,很快,守门人被暗中押解至海边的城堡。守门人的家属都被软禁起来——回到一般人难以涉足的王家花园,一个幽静的角落。

此事,只有那位贤士清楚——毕竟是王家的血统,他瞅了一个国王视察沙漠那段时间的机会,暗访守门人。

守门人听见贤士的声音,竟立即唤出了他的姓名。贤士十分感动。贤士说我将离开这座海边的城堡,想不到你回来了,你知道吧,你的盛名已在各地流传。

守门人说:我担心这种盛名,你还不了解我们的君主吧?贤士说,暂且不谈这个话题,我只想说,地壳,我们居住的这个地球正在发生又一个变化,你多少已闻知,城堡街道荫的绿树开始枯萎。

守门人的手在口袋里摸索着,掏出一块玉石———一块墨玉,是一尊狮子形象,看去坚洁润密,留着手不断抚摸过的光润的痕迹。守门人说:你要去那里,我赠你礼物吧,这是我身上惟一的宝物了。

贤士恭敬地接过,说:什么是大海,时间自会定论,你,大海,沙漠,三者都是浩瀚无边的大海,惟有时间最有权威。

守门人摇摇手,说:万万不可再说,我现在是个瞎子了,当初,我守护花园还有一双看得见世界的眼睛,我归来,却看不成花园了,我的心里,只能看见过去的花园,我不知道跟现在的花园有何差别。

贤士沉默片刻,欲说,终于没有出声,因为,他还是第一次潜入花园,传说中的王室花园并不像他亲眼见的花园那么美丽,甚至显出衰败的迹象。他走出花园的最后一刻,回望了守门人一眼,好像守门人望着他走进大海——瀚海。

一方丝巾

> 我再撸脖颈,手头牵带出亮晶晶的丝线,仿佛我落入了蜘蛛结的网。

我突然嗅出丝绸方巾的芬芳。我还没有接触过这种奇香。香气立即提醒我该有个女人了。我已到了婚娶的年纪。王后交给我这方丝绸巾,说:找个地方,烧掉。

我暗暗地收藏了丝绸巾。大概丝绸巾伤了王后的心,否则,王后怎么舍得销毁它?不是平头百姓可以拥有它和享受它呀。纤细的蚕丝,织出了又薄又柔的丝巾,它又粘着王后的体香,我凑近鼻孔,贪婪地吸着,仿佛王后是一片白云,她已经飘入我的体内。我知道,这是癞蛤蟆想吃天鹅肉。可我也该享受天伦之乐呀。

那香气壮大了我的念头。我闭起眼睛,王后像是一缕青烟,缭绕着我,我过去可没这么迫切。我几乎忘了我有一个男儿身。我只是小心谨慎地伺候着我的主子——一直保持距离,可丝巾的气味一下子创造出一个诱惑的形象。

趁着出王宫上街道购买物品,我系上了丝巾。无数双眼注视着我,我得意了一阵(过去的日子,谁当我一回事呢),很快醒悟,他们关注的是丝巾。好像是丝巾轻盈

地飘浮,携带着我。我甚至对丝巾生出嫉妒。

不过,店主还是注意了我,殷勤有加的样子。他介绍丝绸织物——我怎么莫名其妙地闯入了丝绸铺子?他显得很有耐心,又那么谦和,似乎我来鉴赏铺子里的物品的品质,只是,我身上没有多余的钱款,我说:我只是看看。他讨好地笑笑,说:有一条珍贵的丝巾,还能买不起我这店铺的东西?

我窘迫了,装出一副挑剔的样子。他说:你改天来付钱也行,我还能不相信你?

丝巾已黏着我的脖子。我出汗了。我打心底里感激他的信任。我知道,是丝巾起了作用。这条丝巾的活动范围仅仅局限在王室内。它出来,普通百姓当然刮目相看了。

我辞谢了出来。不知不觉,丝巾怂恿我摆出了王后的架子——王室的风度。我没有刻意那样去做。店主看出了我背景不凡。我想不到丝巾竟有如此魅力。是它抬举了我。

街拐角,我解下了丝巾。丝巾留着我的汗迹。我的汗味还是压不住王后的气味,或者说,我的嗅觉提取了本色的芳香。我的脖子发痒。黏糊糊的汗。只是,我在抹汗的手里发现了纤丝。我见过滚烫的水里抽出一束束蚕宝宝的丝线,亮晶晶的。

我误以为丝巾脱丝了。它完好无损。我再撸脖颈,手头牵带出亮晶晶的丝线,仿佛我落入了蜘蛛结的网。我疑惑,再去撸,这下子,满手都是,牵扯出无数个蚕茧的丝头那样。那痒在漫延。传染似的延伸到胸脯、脊背,如同冲着头倾倒了一盆冰水,我激愣了。

我躲在一个僻静的角落,不停地拂着丝线,渐渐地,我察觉,我成了一个偌大的蚕茧子。那些丝线在我面前舞动,像有无形的手在编织它们。

我的视觉模糊起来。我被芳香弥漫着。那是我向往的芳香。我已接近它。不,我变成了自己的欲望的实体。我能感到它的成形,但是,我自己在消解。我原来是一个蚕茧。丝巾唤醒了我。

一个飞蛾扑扇着翅膀,穿过了舞动的丝绸。我顿时空了。我连喊救命都来不及喊出来。我已成了另一个——一块丝巾,洁白的丝巾。它已变成王后的丝巾的样子。

它飘起来（也是我），习习的风托举着它，它还约了王后的丝巾。顺着街道，它们一前一后，起起伏伏地飞翔，像有人戴着它们。

街道骚乱了。沿途里，像是发出了号召，居民开始追逐它们。起先，还迟疑不决，胆大的小伙勇敢地奔起，大家都争先恐后地起跑了。丝巾在空中逗他们，他们抓不住它。

渐渐地，可以看出，追逐的人群在分散，形成两支队伍，显然是两块丝巾分开了。男性追王后的丝巾，女性追着我——我变成的丝巾。这时，我出汗了，我的汗不是液体，是气味，浓重的体香。像是沙枣花盛开的季节散漫着的芳香。

不知什么时候，下了雨。春天的雨不期而至。雨水打湿了我，我像断了线的风筝，一头栽在街上——泥泞的街路。一只手抓住了我。我立即闻到了那只纤柔的手的气味，跟王后的丝巾的芳香相差无几。我庆幸我有了可爱的姑娘。我只能围着她的脖颈——她不顾一切地把我系在她的脖颈上。

我的同伴——王后的丝巾也有了她的归宿，落在一个强壮的小伙子手里。不久，我看到了王后的葬礼。据说，王后腹中不是国王的种子，那个小伙子成了替罪羊。我很荣幸，姑娘时常亲吻我，我的气息正进入她的体内——她怀孕了。我在她腹中很不安分，迫切地要出来。她不再戴丝巾了——那上边，我的气味已消失。

阿 斯 塔 娜

> 阿斯塔娜意为中心,它携带着沙漠里的人们运行——其实,每个人的灵魂,不也是一个宇宙吗?

阿斯塔娜这个名称说法纷纭。有人说,阿斯塔娜是地名;有人说,阿斯塔娜是公主;还有人说,阿斯塔娜是民女。我不敢妄加判断。不过,时间无疑可以改变一切。

我听说过一个传说,有无数个口头版本。大致故事情节是,一个小伙子倾慕着一个姑娘,姑娘名叫阿斯塔娜,可是,阿斯塔娜突然病逝。她的坟墓离村不远。坟墓面对无垠的沙漠。小伙子日日夜夜守护着阿斯塔娜的坟墓,村民来劝也没用,他不肯离开他心爱的姑娘的坟墓。一天,忽然刮起大风,风卷扬着沙子,搅得昏天黑地。小伙子隐约预感到灾难的降临,他掘开坟墓,背着阿斯塔娜的尸体奔回村里。

第二天,沙暴过后,出奇地静谧,似乎世间没有发生过什么。可是,那片坟墓群已覆盖在沙子里,表面看不出痕迹。村民怎么也找不到他们的祖辈的坟墓。

于是,村民发现了惟一的幸存者——阿斯塔娜的尸体,她的表情像是在熟睡。各家各户选送了最好的服装和饰品,像举行盛大节日一样,选了一个地方,隆重地葬埋了她。村民已经把阿斯塔娜当成全村共同逝去的亲人。

村民推荐了小伙子当村长,商议了守坟的事宜,实行一家一户轮流守护阿斯塔娜坟墓的约定。

又是一场大沙暴。全村的壮劳力紧急行动,抢在大沙暴来临前,挖出了坟墓里睡着的阿斯塔娜,运回村里,摆在小伙子的土坯屋里。

清晨,村民发现,整个村子已埋在流沙之中。开了门,铲出一条路,那路几乎和屋顶相平。

村民抬着阿斯塔娜离开了村子,这是一次悲壮的迁徙。数日之后的一个傍晚,他们看见了一条河。在河边,很快建起了家园。

村民选了一个红柳沙包,重新埋葬了阿斯塔娜。似乎阿斯塔娜引来了这条河(他们的祖辈从未提起过这条河)。后来,小伙子衰老了。后来,不知期间又迁徙了几次。那条河干涸了。不过,绿洲又在另一个地方出现。

传说保留下来了,不同的嘴巴说出,增了减了的仅仅是细节。那是一个遥遥远远的梦。后辈只知道阿斯塔娜是个中心,他们没离开过这个中心,仅仅是在它的圆弧范围内生生息息。甚至,他们认为阿斯塔娜是世界或者宇宙的中心。日月星辰都是围绕着这个中心运行。至于后来,察觉阿斯塔娜只不过是世界的一个点,但是,居住在这里的人们一定反驳这种说法,因为,阿斯塔娜是他们的骄傲。

我想,阿斯塔娜穿越时空,维系着一代一代居民的情感,它不是空间造成的中心,时间承载着它,它是永恒的灵魂。阿斯塔娜意为中心,它携带着沙漠里的人们运行——其实,每个人的灵魂,不也是一个宇宙吗?

雄辩大师罗门

> 罗门看出她的举止异常激奋，还包含了娇宠遗留的童稚。

这个故事有三个主要人物。史籍(圆的另一部分大脑碎片)中惟一可查的是罗门。其余两个，仅记载了事迹，都像沙粒一样未曾留名(事实之树常青)。我暂且命个名吧。男的是艾赛，他是罗门收纳的惟一门徒；女的是巴哈儿。我喜欢这个名字，意为春天。确实，她有着春天般的温柔和活力，她是国王的掌上明珠。国王设立了论坛，倡导辩论。此举蔚然成风，它是荣誉和尊严的标志。

罗门惟一的嗜好便是雄辩。他曾是先王的导师，国王登基后，他就赋闲了，特设坛让他主持，并封他为王国的雄辩大师。不过，国人不是他的对手，他依靠辩论活着，没了对手，很寂寞。破例，收了艾赛为徒，艾赛天资聪颖，悟性极佳，摸准了进入了罗门精神世界的门径。罗门在辩论中享受着活着的乐趣。

可惜，艾赛用脑过度，在声誉如日中天即将超过罗门的时候，整整一天的辩论，最后，突然倒下。自此，罗门的生命显出枯萎的迹象，再没有对手可以和他抗衡了。这时,巴哈儿提出了挑战,遭到了罗门婉言拒绝。论坛禁止妇女参加辩论,国王立下的规矩。

一气之下,巴哈儿春风一样飘逸而去。国王宠坏了她。据说,巴哈儿骑着一头双峰骆驼出了都城,不明去向。焦急的国王派员四处寻觅,却不知踪迹。无奈,国王委托罗门辛苦一趟。国王了解公主的脾气,认定和罗门辩论,轻易不会放弃。国王说:碰不见公主,不得回宫。

罗门便开始了周游。他毫无目标,一个一个驿站地走,晨起暮宿,骑着骆驼,他甚至连缰绳也不牵了,任凭骆驼信步游走,很有听天由命的意味。他倒想一试这位公主的雄辩口才。那个愿望滋养着他。他的身体随着骆驼的脚步晃动,可脑袋一刻都没停歇,那儿假想出了一个论敌,而论敌的形象逐渐清晰起来。他在怀念门徒艾赛。艾赛填补了漫长旅途的空白和枯燥。

这天,太阳西斜了。骆驼进了一个村子,不过十几户人家。骆驼执意不肯出村了,径直去一个客栈。客栈男主人出来迎接,似乎预料了他的出现。于是,罗门看见一张熟悉的脸面,是公主。公主的模样俨然一个村妇,她说:现在,你不为难了吧?

等待积蓄起她的力量。罗门看出她的举止异常激奋,还包含了娇宠遗留的童稚。罗门说:你知道违背了国王的禁令意味着什么?

巴哈儿说:我暂时投宿在这里,你来的比我料想的要早几天。这么吧,你和他先辩论,他败了,自然有我来了。

久违了的辩论,罗门来了瘾头,顾不得风尘、腹空。他坐下。客栈的院子里摆定了辩论的格局,只是简陋了。只是,客栈的主人仅仅是个陪衬,不到三个回合,已张口结舌。

充当仲裁的巴哈儿早已被辩论的欲望怂恿得骚动不安,像火燃烧起一堆风干的红柳枝。她说:大师,我若辩胜了,你得收我为徒。

罗门得完成国王的差事,就欣然应诺,他并没有把公主放在眼里。这场辩论史籍未能记载,实在遗憾,甚至不知他和她辩论的内容。传说中,巴哈儿对答如流,旁征博引,可谓旗鼓相当。

罗门自然不敢轻视。可以想像,一个视雄辩为生命的人,面对一个有实力的辩家,且不是一株即将枯萎的胡杨接受了流水的浇灌吗?到底巴

哈儿没有掌握罗门的精神的无数扇玄妙之门,她走进了,可是,其中的一扇没能开启,她无可奈何地站在门外。

罗门的额头出了一层汗,其中掺杂着虚汗。他说:公主,太阳落山了。

无垠的沙漠铺着夕阳的余晖,一派辉煌。公主说:晚霞还是那么美丽。

罗门说:它即将消失。

公主说:请问大师,男欢女爱是什么滋味?

这是一把利剑,刺得罗门有生以来第一次语塞,喝了一大口带沙的凉水呛住那样,终于无法应辩。他蓦地痛苦地想到:不断的雄辩如同天空飘浮的云,如同无边的荒漠。

传说中,还有另一种变体。那个客栈的主人实是巴哈儿,她辩论的欲望使她遵循父王定下的规矩获得了男儿身。巴哈儿提出"男欢女爱是什么滋味"难倒了罗门。

巴哈儿爱恋着罗门,可是,巴哈儿胜辩了,却回不到女儿身了,她懊悔不已。罗门理所当然地接纳了这个门徒。巴哈儿终生侍奉着罗门,想要获女儿身的愿望使得巴哈儿表现出娘娘腔。她将不间断的辩论整理汇编成册,(相当多的篇幅,是罗门的自语,他和假设的辩手激烈论辩,甚至,他点出了辩手的名字,就是艾赛吧?巴哈儿胜辩的阴影笼罩了他终生)可惜未能流传后世。

灵魂的居所

> 他有一个理论，肉体是灵魂的居所。

巴哈儿打开了罗门的一扇又一扇门，可门里边还有门。这是罗门故事的又一个变体。罗门挨了巴哈儿辩题的闷棍，一时哑口无言。他期望真正的辩手，可是，对方胜了，他却失落了。他毕竟是国王册封的雄辩大师呀。

那个男女之欢的滋味是什么直逼着他，他的身体一向严守戒律，犹如洁净的瓷钵，可他难以忍受失败。他说：我胜不了你，怎能当你名副其实的导师呢？

罗门策驼离去。他约定了时辰，要巴哈儿直接回宫等候再辩。骆驼似乎知觉罗门的苦恼，慢慢地走着。罗门的头脑在摇晃着苦思冥想，这下可是空茫一片。不知不觉，骆驼载着他接近了都城。

这是城外的绿洲和沙漠的结合部，一条河流蜿蜒穿过。他望见一群男女正在哭泣。是国王驾崩。河水来自天山融化的雪水，寒气刺骨。国王怀恋公主，公主离去的同时，也带走了他慈父的魂灵。国王洗浴时潜入河水，腿肚子抽了筋。国王的魂灵可能在那一刻仓促逃出了躯壳。

随从和宫女都惊呆了。捞起国王,倒出的是含沙的河水。国王停止了呼吸。罗门远远观望,他忽生一个念头,何不住进国王的房子?他有一个理论,肉体是灵魂的居所。他的居所已在时间的侵蚀里渐渐衰败了。

罗门钻进一个沙包的红柳丛里,打算暂且把躯体匿藏起来。一国不能没有君主呀。适当的时候,他再返回来。他不愿国土上的战乱替代了论辩。他小心翼翼地遮严了躯体,他的灵魂便飘然脱身。

罗门毫无障碍地潜入了国王的躯体。国王的居室已腾出来了,不过,居室里毕竟留下了情欲,情欲迎接了罗门的魂灵。青春的居所又迎接了它的新主人。

躯体像打了一个盹,又苏醒过来。他听见周围的欢呼。国王醒了。随从破涕为笑,簇拥着他回了都城。

王宫上下,很快发现国王的举止异常。难道国王沐浴了天山之水,焕发了精神?不过,国王的外貌依然如故。最先疑惑的是王后,接着是贵妃,国王的激情空前高涨,如同春天的河流,浇灌着她们久渴的荒漠。

于是,王后、贵妃熏香沐浴,精心装扮,像沙漠枯萎的胡杨,只盼国王的流水不断到达。她们柔情万般,极力显示妻妃之道。

国王,不,是罗门,初涉情河,神魂颠倒,他料不到其中竟然那般奇妙,却又难以言表。而且,他获得了丰富的体验,似乎又活了一场。他思绪万千,足足可以辩倒巴哈儿。他悄悄地将神魂颠倒的物事述著文字,甚至,他替它起了个书名《欲典》。可惜这部《欲典》没能留传下来。

罗门寄托在国王的居所,日日沉湎温柔之乡,渐渐厌倦。倒是王后、妃子之间生出了种种是非。大臣们感到自涉河沐浴归来,国王疏远国事,似抛弃了曾经承诺开拓乾坤的雄志大略,而且,一旦上朝,国王口若悬河,无休无止,往往把论政引向辩论,又容不得大臣插言。

这是罗门的腔调。大臣一直担心空谈之风一旦盛行,恐怕耽误了王国的前程。灾难、战争、饥饿已像沙漠一样蔓延。可是,国王一味地辩论——避开这一系列实际存在的危机。

王后失宠,她的身体最敏感国王的异常。国王曾失口,说:一旦进入,方能了解女人。王后暗地里发了一道密令,寻找罗门,哪怕是尸体。王后要亲自检验罗门——她的直觉敏感地认定罗门已丢弃了他的躯体。王后听厌了罗门关于灵魂永恒存在的说法。而且,她感到罗门的灵魂笼罩着王国。

罗门仍旧蒙在鼓里,他提升了辩坛的地位,甚至将辩坛和王权相提并论。他享受着国王的躯体提供的愉悦。他发现,各地纷纷设立了辩坛。他不知道灾难已降临。

王后支派的探子,已在沙丘的红柳丛找到了他的躯壳。而漂泊已久的巴哈儿归来了。她拜见了父王。

国王说:你不是要和罗门辩论吗?

巴哈儿说:我按照他约定的时间来了。

国王说:他暂时来不了,我可以替他预辩。

巴哈儿在国王的辩词里察觉了一扇开启的门——这恐怕是最后一扇门,罗门用体验装饰了它,倾慕他的巴哈儿到底发现了这不是罗门的居所,罗门不可能有,所以巴哈儿当初刺中了他的要害。巴哈儿不愿再打开"国王"的这扇门,她仅仅是表达了恋情。

她说:年龄的差别不能阻隔两个灵魂的碰撞。

国王说:我已是国王,是你的父王了。

这当儿,王后高傲地进来,说:一只鸟再也飞不回它的笼子了,你们随我来。

国王立即明白大限已到。他看见了柴堆,那是红柳粗壮的根搭成的柴堆。他想到了沙丘的红柳。柴堆旁躺着他的躯壳,容颜保持着熟睡的样子,很平静,仿佛随时可能醒来。

那么众多的观众,罗门眼巴巴地望着伴随他那么长久岁月的躯壳。臣民一旦知道他们国王的底细,岂不大乱。罗门痛苦而无奈地望着他的躯壳在火中融化——他这个国王只是个摆设,王权的象征。王后开始执政了。王后第一道诏示便是取消遍布王国的辩论,私下里,抄了国王罗门的寝宫,大概那部《欲典》在那次行动中得到了它的归宿。臣民依然赞颂崇敬的国王。罗门借宿国王的居所,默默地忏悔着自己的堕落。

33

大名鼎鼎的越狱犯哈雷

春 天

> 巴哈儿艰难地抬起脸，长着黑眉睫的美丽的眼像卷起了门帘。

树枝刚刚舒展出了嫩芽，王宫发生了一场政变。那是宁静的早晨。人们像没有完全解冻的绿洲，还没苏醒过来，可是，正午，宫廷的乱军已被平息下去了。

这是国王的继子艾迫不及待地策划的一次政变。同谋者一网打尽。审讯几乎没有怎么动刑，各自招了供，都想着大势已去。

同谋里惟一的女性是巴哈儿（又一个同名的巴哈儿），她是国王近卫队队长索的妻子。她的智慧全部体现在这场夭折的政变里。她的丈夫是整个政变的实施者。可是，她守口如瓶。

审讯官列举了一连串的招供者，都是官居要职，有的出卖了挚友，有的出卖了兄弟，有的出卖了同僚。审讯官声称：只不过在你的口中证实一下，你要清楚，那么多同谋里，惟独你保持沉默管不了什么用！

巴哈儿说：那你还问我干什么？

审讯官说：给你一个机会，何况，你是一个女人，一个女人的血肉之躯难道胜过男人?

巴哈儿不再吭声。

审讯官示意用刑。鞭笞、火烙,她的反应是咒骂。她庆幸的是审讯官的名单里没有夫君的姓名。拷问的大汉手里的刑具已疲倦了,甚至疑惑他们面对的是一具木乃伊。她熬过了第一天的严刑拷打。

翌日,押解她出狱时,她已经无法站立,腿骨打断了,她的肉体似乎已过了承受的极限,至多增添无数道的鞭痕和烙印,血液已取消了肉体和衣衫的界限。

审讯官终于宣布了国王的判决:处以死刑。

巴哈儿艰难地抬起脸,长着黑眉睫的美丽的眼像卷起了门帘。

审讯官趁机说:你完全没有必要吃这么多的皮肉之苦,那么多的同谋怎能忠诚不渝地保守同一个机密呢?你实在不值得。

巴哈儿突然说:赶快了结吧。

审讯官惊愕了,说:想不到你能死心塌地地拥抱死亡的到来。

巴哈儿见到了春天。明显加浓的春意和习习的春风。一年又一年,她都没在意过春天的可亲。她是被抬到刑场——绿洲边缘的沙漠,一个沙包,那里,一丛绿色的红柳丛,缀着淡粉色的红柳花。

于是,巴哈儿看见了夫君。这位近卫队队长手持大刀。他不敢正视巴哈儿的目光。巴哈儿想到了他卑微的出身,本来她想定要站住,可是,已经浑身无力,像一堵坍塌的土坯墙。她的脚下是处决奴隶的地方。

巴哈儿说:软骨头。

近卫队队长面无表情,像封冻的戈壁,无奈地说:扭过头去吧。

巴哈儿说:我看透你了,你是一个可怜的同谋。

一道失控的寒光闪过,搅乱了暖和的阳光。他怔愣地望着溅开的血花,仿佛太阳升起,照着一株枯败的胡杨树。

国王的笑声如同晴天霹雳,尔后,说:连爱妻都敢下手的人,怎么敢保证再忠实我呢?

黑　　羊

> 她拔腿奔进小巷子，
> 羊群紧追不舍。

国王驾崩了，可妃子凝固在流逝的时间之河的某一点儿上那样保持着青春美貌，暗暗爱恋着宫内一个侍从——一位英俊的小伙子，他曾是前国王的贴身仆人，无微不至地伺候过国王。他生着一头天然曲卷的黑发。妃子倾慕那标志着男性强壮有力的头发。

继位的国王察觉出了父王的妃子的不规，便辞退了小伙子——还要什么理由呢？当然，小伙子获得了一笔丰厚的赏金，他在王宫前的街道开了一家店铺，专门经营皮货。据说，早先，小伙子是一个小羊倌。

小伙子的皮货店相邻着一个剃头铺子，很简陋，妃子仍在单相思，想着跟小伙子约定，双双远走高飞。大概小伙子已明了离开王宫的缘由，他不敢败坏王宫的名誉。他一向是个本分小心的人。

妃子趁着春暖花开的时节，出宫游玩，她悄悄地走进剃头的小铺子，丢给剃头匠一枚金币。她要剃头匠弄一绺小伙子的头发。

剃头匠满口应诺。小伙子养成了习惯，总是保持着头发的一丝不苟,还有那一部漂亮的浓密的络腮胡子。不过,妃子的行踪全部控制在国王的视线之内,国王派出的探子始终远远地盯着。

隔数日,妃子再来。剃头匠交给她一绺曲卷的头发,她看见头发,就想到小伙子将是绵羊一样温驯地追随着她了。

走出剃头铺子,她忍不住瞥了皮货店铺,小伙子正和一个顾客攀谈,那个顾客是一位姑娘。她嫉妒姑娘和小伙子的关系,甚至,涌上一股酸苦的滋味,小伙子竟然没有看她一眼,他那么专注地面对着姑娘。不过,妃子还是笑着转身离去了,她想:一只迷途的羔羊。

妃子激动地回到宫室。她想,不能再耽搁了。她把黑发仔细地缠绕在一块保存已久的磁石上边。这是一块情爱的磁石,稀罕物。接着,她对着镜子着意地打扮开了,她取出了漂亮的服装、精致的首饰,穿戴妥当,她胸有成竹地将磁石放在随身的香袋内,想着小伙子紧追不舍地跟随她的情景,她满足地笑了。

天气和她的心情十分和谐。难得的一个好日子。一切都是好兆头。她出了王宫。路过皮货铺子,骄傲地瞥了铺内站着的小伙子。那是整个过程的起点。她走出这条街,想像着小伙子越来越近的身影。另一种生活拉开了序幕。

妃子听到身后纷杂的脚步、惊叫,她回头,看见一群羊,是黑羊,如同晴天里突然飘来的乌云,羊群奔向她,她慌了,领头的羊头上是弯曲的犄角,直冲她来。

她拔腿奔进小巷子,羊群紧追不舍。幸亏离王宫不远。她疾步逃进王宫。王宫门前一派羊的叫声。居民不知发生了什么事情。

国王派出卫队驱散了羊群。没有见过一色黑的羊只聚集在一起,居民猜测是灾难的预兆。国王明察一切,只是没料想羊群竟这样痴迷。国王终于维护了父王的尊严,他舒了一口气。

妃子回到卧室。取出香袋的磁石,她依然不甘心,她看见黑发便想到小伙子的英容。她去吻那黑发。她闻到了羊毛的气息。她立即想到她的行为已不是秘密。那是黑羊身上的羊毛。她憎恨负心的小伙子。其实,她不知道,这一切,跟小伙子没有关系,包括她的痴情。爱就是这样转成了恨。时间一下子流动了,又迅速地带走她的青春的外表。

牧 羊 狗

> 国王说：羊群可不能缺了牧羊狗啊。

这天，国王照例坐朝听政——仅仅是一个形式了，因为，国王满耳听到的是赞美和太平。不过，这回，一份奏折弄得他措手不及：火速提供军队军饷和给养，邻国大兵已压境。

国王谕旨国库拨发相应的款项。可是，宰相不在，而国库已空。据说是赴边境视察。其他大臣说不出个所以然，都说话躲躲闪闪，含含糊糊。

冥思一夜，国王决计拜访告老还乡的宰相。次日，他带了一位贴身侍卫，骑了骆驼，穿过一片沙漠，进入绿洲。远远地，看见一棵胡杨树上吊着一个动物，起初，他以为是羊，近了，是只狗。

一个好客的羊倌迎接了国王。国王纳闷：羊倌怎么杀狗？他问：这条狗怎么了？

羊倌说：陛下，这狗是我的牧羊狗。

国王说：羊群可不能缺了牧羊狗啊。

羊倌的样子似乎下了狠心。不过，他说：这是一条勇猛机灵的牧羊狗，它曾跟五六只狼搏斗过，结果，狼败逃了,狼群害怕这条狗,它在,狼不敢挨进羊群,有时,我离开羊群,这只狗比我管得还好,它带领羊群去嫩绿的草地,去清凉的河边,到了傍晚,羊群跟着它回来。可是,有一天,羊群进圈,我清点了,少了几只羊,隔几天,还在少,我替人家放羊,少了,我得赔,隔两天,少几只,隔两天,少几只,我变成羊也赔不起了。我悄悄观察,原来,这条狗跟一只母狼相好了,亲热得不行。那是春天,我看见这条狗在狼面前献殷勤,尾巴摇晃着,它见了我竟然毫不顾忌,还去闻狼的屁股。后来,它还爬到狼的后背上边,干那事儿,干后,狗到红柳丛里睡觉去了。狼钻进羊群,咬着羊的脖子,用尾巴赶着羊走。可这条狗一点儿也不管。陛下,我爱戴你,你可能听不到臣民的声音了,我斗胆说,你宠爱的大臣不就像牧羊狗吗?

国王告别了羊倌,终于找到了退居的宰相。年老的宰相说:你可以在邻国的大军里看见你宠爱的宰相,他的谗言,使陛下怀疑我的忠诚。

国王回宫,立即派出特使和谈——毕竟,对方是个小国。原来,国王宠爱的宰相企图篡夺王位,煽动邻国前来相助——这位宰相献上了可观的贡品,而现在,是个寻求庇护的罪犯了。

国王召见了羊倌,给他以失却了羊只的数倍的赏赐。羊倌拥有了自己的羊群,他又抱了一只小狗——未来的牧羊狗。

金 鱼

> 过一阵子，仿佛很久很久，金鱼浮出水面，嘴里衔着戒指。

国王约我去王宫。我是国王的朋友，弈棋的朋友。事先谋合我和国王关系的大臣规定，我仅仅陪同国王娱乐，绝对不得涉及政务。我可以从国王那儿获得酬金，当然，国王开心的时候，我会相应地得到意外的惊喜。

国王正在观赏一个透明的鱼缸。可能是到手不久，国王的眼神里流露出新奇。缸里游着一条金鱼，像穿了裙子的宫女。我毕竟见过世面，不过，沙漠里有金鱼还属稀罕。国王显然通过我渲染金鱼的珍贵。

我说：这是一条普普通通的金鱼。

国王并不瞅我一眼，他专注地观察着金鱼的身体在变形，那是瓶壁造成的假象。国王说：世上的事物不是孤立地存在。

我想到大河。

国王说：你到大河去漂流过吗？

我诚恳地摇了摇头。台桌没有摆出棋盘，我知道国王另有兴趣。我说：陛下，塔里木河变化无常啊。

国王说：它现在还温和。

显然,船已备妥了。我陪同国王登了船。后边跟着两条胡杨树凿的小划子。船上两个宫廷艺人,一个弹热瓦甫,一个唱民歌。唱歌的是女的,但不能像宫廷里那样翩翩起舞,只是身体合着歌声作些姿势。

我和国王紧挨着坐,喝着酒。混沌的河水携带着沙子,不时打着旋。国王在抚摸着他手指戴着的戒指。我没见过这么精美的戒指,镶着灿烂的红宝石,闪着太阳的光辉。我的目光投在戒指上边。

国王微笑地看我,弄得我不好意思。我想我失态了。国王的情绪如同阳光、流水。他摘下戒指,放在我的掌心,说:看来,你爱慕它。

我很尴尬,说:陛下,如此精美、昂贵的戒指,只有戴在陛下的手上才能相配。

国王说:它已脱离了我的手,就不能再回来了。

我看出国王的脸颊红着,那是酒的作用,国王的举动是不是酒的怂恿,酒后便是懊悔,那将破坏我和国王的关系。我执意把戒指套在国王的指上。

国王立刻摘下它,顺手丢进河水里。

我吃惊了,脱口叫道:陛下,我难道使你生气了?多么精美的戒指呀,怪我怪我,我不该推辞,我后悔没有接受它,陛下,我这辈子还没见过这样的红宝石戒指呢。

国王说:你虚伪,只有你的目光诚实,我一直信任你的眼光,你不喜欢,我怎会把它送给你?你不接受它是你的失误。

我承认自己有眼无珠。我说:陛下,我惟恐担当不起呀。

国王说:我的脾气你还是不了解,你呀,好吧,我来挽救它。

国王命令小划子的侍从返回去,再快马回宫,取来鱼缸。我们的船停下来,抛了锚。我陪国王继续饮酒。

划子又出现了,靠近我们的船。侍从捧来鱼缸。国王捞起缸里的金鱼。我看见水面闪了一朵小红花。金鱼潜入水中。国王注视着水面,有点儿焦虑。

过一阵子,仿佛很久很久,金鱼浮出水面,嘴里衔着戒指。金鱼纵身一跃,国王趁机取下戒指。

我看见金鱼打了个喷嚏,大概含沙的水过混过凉——这是天山融化

的雪水。喷嚏听起来像一个小孩受了凉。一个漩涡卷起了金鱼,像我梦里泥浆打旋那样,金鱼难以抗拒地吸入了漩涡。

国王把戒指递给我,我不敢不接了。国王默默地望着流动的水波。他说:金鱼已经和这条河有了关联。

你可以不相信我的话。可是,这就是那枚戒指。我不敢再让它接触这条河了。你现在捞起的这条鱼,不是故事里说的金鱼,红色的鳞错不了,可你这条鱼是另一个品种,像鲤鱼,我猜它跟消失在大河里的金鱼有一定的关系。我已经不进王宫了,可能我让国王扫兴了。我手里的戒指证明故事的真实性,信不信由你。我死了,戒指便脱离了这个故事,后人又会强加给它另一个故事。这就是历史。

小鹿烛台

> 国王打算出访,将一个最精致的烛台送给邻国的国王,以消除摩擦。

　　这个城里,金匠米兰是我的竞争对手。我俩恐怕都闻知对方,暗暗地较劲,却没有谋过面。我获悉米兰造假币而被捕,而且,判了火刑,我打心底里欣喜,我不费吹灰之力,便战胜了对手。

　　说实话,我听见城里传闻米兰是世上最好的金匠,我很嫉妒了。我见识过他的作品,我清楚他的火候还没达到与他声誉相称的地步。我想该到刑场去见识他的尊容。可是,我又听说国王推迟了判决的执行。

　　随后,国王召我去王宫。我看见了米兰。米兰的相貌平平,但他的眼睛闪烁着世俗的才华,那是黑暗中的鼠光。又似燃烧过的柴堆最后的一点儿炭火,却闪出求生的急迫。

　　国王对我说:凭你的实力,能煞一煞米兰咄咄逼人的傲气吗?我相信你的手艺更让我大开眼界。

　　于是,我知道,国王让我和米兰各自用金铸一个小鹿烛台。国王打算出访,将一个最精致的烛台送给邻国的国王,以消除摩擦。

国王对米兰说:你的作品不能打动我的话,那么,你的生命就走到了尽头。

我看见米兰敌视我的目光,那是傲视一切的目光,它激起了我挑战的愤怒。我实在太了解他的手艺了,其实,我已在无数散落在居民手中的作品里见识过他了。

国王要求我和米兰三日内,设计出一个小鹿烛台的方案,而且配备一个模型,已安排王宫两个单间。

我倾注了半生的经验,设计了一个小鹿,聆听的小鹿,似乎头顶的烛光发出了声音。我自信地笑了,我笑米兰空虚的傲慢。不过,我脑子像晴空一个闪电,米兰的目光隐藏着哀求,仿佛是一个艺术品闪失的纹路。我发现了他的软弱和单纯。

我又设计了一个方案。一个鹿头,脖颈处斩断似的一个平面,摆在泛黄的桌面上,像是淹埋在黄沙中只露出头的一头惊慌的鹿。鹿头的鬃毛雕工仓促。我对自己失望了。这不是我理想境界的作品。难道我潜意识当中戏谑米兰了?

第四天,太阳升起的时候,国王已等候在那里。我和米兰带上各自的作品。最初的第一眼,我以为米兰奉献的是出自我手的作品,那是一只聆听着的可爱的小鹿。我神差似的送来的是鹿头。

国王喊了一声:好!

不是对我,而是望着米兰那只聆听的小鹿,小鹿的姿态仿佛陶醉地嗅着空气的芬芳,支棱着耳朵聆听着燃烧的烛台的声音。

国王端详着鹿头,说:你呀,我不能送一个带杀气的礼物给友邻吧?这本不该出自你的手。

我没说我的另一件作品。我仍看出了米兰的聆听中的杂音。而我那件必定博得国王的赏识。

国王说:米兰,你是个幸运的人,你生命的太阳又升起了。

米兰谢恩。我在米兰的目光里看到了感激。显然,他了解我。我和他并肩走出王宫。这是一个明媚的初夏,沙漠吹拂过来的风携带着沙枣花的芳香。

一 棵 树

> 国王闻到一股淡淡的苦涩气味,国王想起了那是剖开的大树的气味。

年轻的国王登基,他打算在广场作一次演讲。他有一张能言善讲的嘴。

大臣便按国王的意图去张罗。可是,广场没有演讲台。国王必须站在高处来演讲,那得搭个演讲台。

最后,大臣选定了广场旁侧一棵古老的大树。没有记载那是什么树。不过,大树的姿态就是一个演讲台。大树的年龄没谁能说得清。似乎都城还没建立,它已存在了。或许是,它的存在,吸引了不少居民,为了受到它的庇护,聚居起来,渐渐演化出一个城市。它的周围都是最老的房子。

大臣带领几个木匠来锯树。只要齐树腰砍断,再用树枝树杈搭个护围,便是一个理想的演讲台了。大树很粗壮,须五六个汉子牵手围定。

大树不远的一个老人出面阻止,他不让砍树。老人平时沉默寡言,据说,他只跟树讲话,早早晚晚,他坐在树阴下独语,也不知他说些什么,居民已习以为常,以为他精神失常。奇怪的是,树似乎有反应,老人讲一阵子,

树的枝叶便抖擞着发出声响,似乎听懂了老人的话语,还有点儿激动。或者,大树发出声音,老人嚅嚅地说起什么。老人和大树之间有着惟有双方知道的秘密。

老人终于阻拦不住了。大树不属于他。老人默默地流泪。演讲台转眼便搭起来了。老人的身影不再出现。居民并没有留意。

国王出现在广场,大树改装的演讲台一下子托起了他的形象,他站在大树剖面的圆台上,话语开了闸一样滔滔不绝。话语神奇地鼓动起臣民。广场人山人海。

国王正讲在兴头上,忽然听到一个声音,是哭泣的声音,很低微的呜咽,似乎又远且近。接着,国王的脚下在震抖。像沙漠的风暴刮过来那样,却没有风,而枯萎的大树确实在颤抖,那哭泣有了来源,在国王的脚下。

国王无法继续演讲了,他想着:这是一个什么兆头。哭泣声像有传染力似的,广场的激昂情绪低落下来,人们感到冥冥之中的惩罚即将降临。广场骚动了。

国王走下了演讲台。大臣进言:可能是老头在作祟。国王来到老头的土坯屋。

老人已病卧在床。老人的嘴不停地嚅动着,像在诅咒,或倾诉。老人似乎没看到国王驾到。

大臣动怒,欲指示手下拉起老人。国王摇了摇头。国王俯身,凑近老人的嘴巴。国王闻到一股淡淡的苦涩气味,国王想起了那是剖开的大树的气味。

国王依稀听见了老人的叙说:这是一棵经历了数代王朝的古树,现在大树失却了倾听和感受来自沙漠的声音,大树伤心了,大树说永恒的是沙漠。它幼小的时候,听着风声、沐着光线生长着,它吸引了人们。

国王记起了父王的遗愿:要找到名叫一棵树的地方,那是父王的先辈开创王国的地方。他没料到他站在那个发源地——一棵树,一棵古树,一棵默默地见证了一代一代国王的上上下下的大树。国王发现他的演讲像云影一样霎时消失。

国王忽感自己衰老了许多,只说:老人不能死。

门　　徒

> 门徒得到了满足：他能够以先知的身份消失，不也是名扬后世的美事吗？

国王期待着先知再次光临。他的眼里，每一天的太阳仿佛都是第一次升起，太阳是希望。

国王每一天都在准备迎接那位先知。等待改变着一切，同时，国王的心境起了变化，他衰老了。等待把敬仰转化为愤恨。国王不愿先知辅佐邻国的国王。而且，他已听到了此类传闻。他想，让先知一道进入坟墓。他得不到，决不能让别人得到。他认定先知是毁掉本国的祸根。

国王在近卫队挑选中了数十名杀手，秘密地培训。国王密令：必须将先知挟持回本国，再处决。国王说：我要亲眼看见他的肉体的死亡。

杀手们乔装打扮，潜入了邻国。杀手们分散在各地探访，获悉先知有众多的追随者——那些门徒隔段时间会聆听先知的演讲。

起先，杀手以为先知躲在王宫里。据说，先知已知悉生命的威胁渐渐逼近，他说过：他只不过是一粒沙子，沙子的归宿在那沙漠。偶尔，国王请教他，也是微服来乡野相见。

杀手们渗透到民间各个行业,有扮乞丐的,有摆小摊的,有当侠客的,有做游僧的。他们知道,只有变成先知所说的"沙子",才能接近先知这粒沙子。民间像沙子一样广阔、丰富。

很快,一名杀手接近了先知的一个门徒。从门徒的口中知道:先知不过是一个声音,行踪不定,时隐时现。杀手出手大方,贫寒的门徒不久便被收买。门徒吐露了心中的嫉妒,他只不过是先知门徒的门徒。他很不得志,他表达了效忠国王的雄心。他奉杀手为知己,当然杀手的赞赏使他的雄心膨胀为野心。

酒足饭饱,杀手决定与他同行——城郊的果园,先知将要在那里出现,那里可能云集许多门徒。杀手联络了隐藏在都城各处的杀手,赶往果园。

杀手心里没有底,疑惑先知可能消失在果园里,能够隐蔽一个苹果的最佳之处难道不是苹果树吗?杀手的眼里,先知的形象是沙漠里的一粒沙子、苹果树上的一个苹果,群宅之中的一间民宅,河流里的一滴水。国王派遣他们捉拿的是一个不曾存在的形象。

目标激发了这个杀手和这位门徒的信心。门徒的心愿是先知尽快消失,他可以取而代之。杀手的欲望是结束异乡的生活回去领赏。杀手感到这位门徒的杀机,先知的门徒可以消除先知。只不过消除的地点各异罢了。

夜幕降临了,杀手迅速地包围了果园。果园十分静谧。杀手说出了他的担心。门徒说他闻到了先知的气息,听出了吧?果园没了鸟鸣。

门徒暗中指出了树影中的师傅——先知的门徒,也是他的师傅。他不愿让师傅发现他的出现。师傅交谈姿态可以判断出面对的是先知,像随时可能消逝的身影。那是拥有丰硕果实的大树。

杀手像恶狼捕食一样围上前。月光移动了,那个树影消失在夜色里。门徒的师傅看见了门徒,门徒心虚地不敢言语。月光里,师傅的表情安详,他在师傅的夜眼里察觉自己的变化——他惊奇自己竟像那位先知,先知在他的身上显示了存在。

杀手捉拿了这位门徒。杀手说:我们要回去交差呢。途中,杀手秘密地和这位门徒交谈了。门徒得到了满足:他能够以先知的身份消失,不也是名扬后世的美事吗?

　　这位门徒,被押解回杀手所在国都的广场。他以先知的形象出现在广场面前。国王说:他跟我想像的模样差不多,想像终于落到了它的现实。

　　国王宣布了判决:斩首。指出我们现在看见的这个人将是毁灭我们王国的人,现在,威胁消除了。

　　杀手担忧的局面终于没有出现,不能不佩服这位门徒已沉湎在自以为是先知的角色里,临危不惧,这增加了他这个角色的真实性。惜才的国王传旨敬了他一碗酒,说:为你不朽的灵魂赐酒。

先知的声音

> 男孩说：刚才那个就是我的证据，我已经见证了我。

　　国王专注地思索着怎样捷足先登，去寻找各地在召唤的那个先知。国王计划得相当周密细致，甚至，他忘却了用餐的时间，他沉浸在实现计划的喜悦之中。他自以为他的智慧超出了邻国的国王。

　　不过，国王料不到先知已光临，好像先知深谙国王的渴望，而且，受了感动。先知请求拜见国王。先知在王宫的门口期待召见。

　　国王不知道先知已到，他说：我现在没空，我在思索关系着王国的大事。

　　先知在门口徘徊着，继续声称求见国王。

　　国王烦了。国王讨厌别人在他思考重大事项的时候来干扰。国王命令：赶走，赶远些。

　　先知叹了口气，说：我自己会离开。

　　国王完全超脱了圆满的计划，想到明天派员实施，顿时舒了口气。于是，他想起了门外不断传来的声音，现在宁静下来，他觉得那个声音不同凡响，这是他在各种传闻中获得的先知的声音，先知就是由这种特有的声音构成的形象。

国王若有所思,说:我方才似乎听到过先知的声音,还不赶快请他进来。

门卫告诉国王:那个人纠缠不清,说陛下要见他。

国王说:是,我是打算找他。

门卫说:他等不住,走了。

国王大怒,说:为何不禀报本王?

门卫说:陛下,我已禀报过几次。

国王急了,说:还不去追?就说国王请他共商大计。

傍晚,各路骑兵返回报告:那个人无影无踪了。

国王疑惑:难道先知的腿走得比马快?先知肯定还在城内。

王宫近卫队倾巢出动寻查先知。居民以为发生了动乱,都闭门不出。

国王怀疑先知的声音真的出现过,他有些懊悔,他认为:先知来过,一定留下痕迹。国王发布命令:能够列举先知来过的证据的臣民,予以重赏。

各种证据纷呈。一位老人说:先知讨了一碗茶喝,留下话,得不到国王本人允许进入王宫的话,就该识趣地离去。一位寡妇说:那是我梦想的男人,他的目光充满了智慧,可我倾心他的魁伟。一位中年汉子说:我以为他是一个乞丐,他的身体使我想到枯立的胡杨树,他劝我走路不要飘,那时,我正想像院子中央喷出泉水。两个门卫,一个说先知是个英俊的小伙子,一个说先知是个邋遢的老头。

国王说:什么能够见证你们的话?

都摇头,都声称本身就是见证。两个门卫说:他们的眼睛不会欺骗他们。

国王说:等请来了先知再替你们见证吧。

这时,一个顽皮的男孩蹦出来,说:先知抚摸过我的脑袋。

国王说:什么时候?

男孩说:就像我现在这么大的时候。

国王说:你的证据呢?难道是你那蓬草一样的头发?

男孩急得蹦跳起来,他的脸苦于语塞涨得通红。他静立下来的时候,

国王看见男孩的衣裤已不合身,裤腿管昂起,身体迅速地膨胀,而且,发音粗哑,带着成熟的喉音。

男孩说:刚才那个就是我的证据,我已经见证了我。

国王的手摸着下巴颏飘逸的胡须,他一向不留胡须。他自语:我谋划了那么多年,可是,先知的声音听起来那么新鲜。

于是,国王焚毁了思索的成果——那一摞摞的纸张。他足不出门,腾空了大脑,等待着传来先知的声音。那个声音不断地在国王的脑子里转换成形象,都是臣民举出的形象。他忍受着等待的折磨,迅速地衰老了。

这个王国沉湎在期待中。都城的居民像丢失了什么珍宝那样,到处是顾盼的目光。他们把自己的见证作为遗嘱传给了下一辈。渐渐地,都城的衰败显出了迹象。

耳 朵

> 国王用了一句莫名其妙的话:塔克拉玛干的耳朵。

　　国王频繁地颁发戒律,而且,事无巨细,甚至一家一户饲养鸡的数量也列入律条。戒律几乎覆盖了臣民的生活的各个方面。国王仍乐此不疲。他探访到臣民热衷于一种托包克游戏。

　　托包克是绵羊后腿的一块骨头,也称羊髀头,它的六个不同面染了不同的颜色,臣民利用它作为赌具,王国短时期内竟然盛行开来。而且,各家各户都养了羊。王国简直成了放牧羊群的牧场。街巷到处是羊屎蛋、羊叫声。

　　国王期望他的臣民像绵羊一样驯服,可他得禁止玩托包克游戏。

　　禁令发出不久,接连是绵羊临死的哀叫(禁令限定了一户养羊的只数)。不久,都城骚乱,各种凶杀、盗窃案件回升——那是在先期颁发的戒律之列。

　　国王指斥大臣办事不力。国王用了一句莫名其妙的话:塔克拉玛干的耳朵。

　　大臣胆战地摸了自己的耳朵,却仍是云里雾里。一位老臣理解了国王的意思,私下解释:塔克拉玛干是进去出不来的意思,耳朵是不长耳朵,陛下是说我们没有严格遵旨,像没长耳朵的土著人一样。

很快,都城骚乱平息,只是,臣民像失了魂的榆木疙瘩了,因为失却了最后的生活乐趣,只剩下动物般的饮食、生殖了。国王明察了民情,决定引导臣民的精神生活。他无意中想起了塔克拉玛干的耳朵。

国王召了街头耍猴的艺人。艺人以依靠乞讨过活。国王要他去沙漠腹地,挟持若干那个封闭的部落的小民,国王将修建一个观赏的园子。园子设在动物园的旁边。国王承诺赏其重金。

后来,艺人说:他确实到了那个无耳的部落。部落外,有一株三人搂抱的胡杨树,胡杨树前,有一群小孩在玩托包克,那里不称这个名字,玩法差异不大,是我们的托包克流传到那里,还是那里的托包克传到我们这儿,谁能说得清?

艺人告诉国王,当时,他绑架了一个小孩,那个小孩确实没长耳朵,天然地没有耳朵,还是后天没了耳朵,他始终没有弄清。

艺人说:其他的小孩惊慌地大呼大喊,他没逃出多远,便有十几头骆驼赶过来,都没耳朵,当时,他着迷了耳朵,他们押着他来到部落,立刻引起了轰动。艺人说:他们,大人小孩,看我的样子,像看见一个怪物,因为,我有耳朵,他们都没有,那个热闹的场面,像赶巴扎。

甚至,小孩上来摸呀扯呀我的耳朵,都稀奇地叫唤,好像我的耳朵会咬他们。部落长要小孩的母亲割了我的耳朵,过后,我知道他们认为我的耳朵可能招来灾祸。小孩的母亲是个寡妇,部落长用我耳朵的血滴入酒里,那是我的婚酒。

我实在待不下去了,艺人说,我携带妻子儿子逃出来,他俩也不相信世外还存在着长着耳朵的王国,现在,我没耳朵了。陛下,我万分感谢您赐小民的这碗酒。艺人喝了酒,便成了哑巴。

国王没有透露艺人的这次历险,却遵守了承诺。艺人掌管了园子,妻子儿子成了园内的主角,都城一时轰动,来观赏无耳朵的异人甚众。

渐渐地,观赏者开始猜测:哑巴艺人和无耳妻子结婚生出的孩子有耳还是无耳?

猜测本能地走向了观赏者的嗜好:他们分成两派,都下了赌注。而且,天天来观察迹象,无耳女人的肚子似乎隆起似乎瘪去。

艺人的门票收入可观。只是,无耳的妻子在流逝的岁月里没有怀孕的迹象。不过,这并不妨碍赌注一天一天在加码。它牵动了举国臣民的心。国王再颁发新的戒律,臣民像是都成了无耳朵,他们一门心思地下赌注,再也无法停下来。

替 身

> 国王珍视自己的生命,他预感,生命的长短维系在这位宠仆身上。

谢志强魔幻小说

我这个故事里的两个主角,国王和仆人,共同之处是相貌丑陋,相貌酷似。不同之处是国王蔑视美丽、英俊,甚至残忍地对待他(她)们;而仆人则相反,不过,他是仆人,只能打心眼里倾慕美丽的姑娘和英俊的小伙,他不得不迎合国王的审丑取向。

仆人和国王形影不离。国王足不出宫,因为,疆域内已揭竿而起一支支美丽英俊的民众组成的造反队伍,国王派遣军队很快击败了他(她)们,这一点,他决不手软,而且,在战果中获得了难得的快感。

王宫内,大臣、奴仆,都是国王选来的出类拔萃的丑陋之人。国王选中的这个貌似的仆人,完全是防备不测,他感到美好在威胁着他的性命。他对仆人的要求是模仿他的言行。这方面,仆人悟性颇佳,国王的举手投足、抑扬顿挫,都模仿得毫无二致,可谓神似了。

国王当着群臣,委任了仆人为侍卫大将军。群臣心里不平,可也只能当面恭维侍卫大将军。而且,食宿衣行,侍卫大将军享受着国王的待遇。国王认为:物质决定着精神。仆人享受了国王的待遇,精神才能达到国王的境界。

王宫里暗地流传:仆人(群臣眼里,他还是仆人,他不过拥有一副相似的长相、身坯罢了)是影子国王。大臣、奴仆、妃子都巴结他、服从他,但是,他讨厌他们,他心里嘀咕:一群绿头苍蝇。特别是丑陋的人摆出各种媚态,那就恶心。他还是和和气气地聆听、对待他们。

背地里,群臣瞅着机会谏言国王。国王却正色地说:你们能替代他的作用吗？国王珍视自己的生命,他预感,生命的长短维系在这位宠仆身上。群臣只能向影子国王献殷勤,甚至以为他就是国王了。除了王位,侍卫大将军具备国王的一切。

那天上朝,国王迟了一步。丑陋的宠仆已坐在了宝座。他发号施令,说拿下这个筹划谋反的小人。而他已在酝酿谋反,风声传到了国王的耳朵。

侍卫押起国王。群臣已分不清哪个是国王,哪个是宠仆了。看上去,形同一人,或说,一个是另一个的影子。宠仆宣布拉出斩首。他把国内蜂起的造反的罪责扣在"奴仆"的身上,他以国王的身份颁发了两条新规:第一,王宫彻底换人,在全国开展一次选美活动,选出的美人可以优先入宫;第二,拨乱反正,传承崇敬美丽的风尚。

影子国王

> 惟一隐藏心中的恐惧
> 是时间的影子，日渐逼近，
> 好像那抹掉的替身在发笑。

一夜之间，王宫突发兵变。国王惨死，主谋的侍卫长悄悄地掩埋了国王的尸体，不留痕迹。天亮，王宫内一切如旧。只是，影子老大突然不知去向。

影子老大是国王的替身。国王弄了一个替身班子，都是在各地精心物色的人选，他们的共同特征是外貌跟国王相仿。替身内部自称是国王的影子，又以貌似的程度私下里排了座次，他跟国王同龄，形体、举止、发音都酷似国王，且深得国王的宠爱，替身们便公推他是影子老大。

影子老大常受国王的委派，亮相各个庄严、隆重的仪式、庆典，他本人只想凭着相貌端一碗稳妥的饭吃，他极力维护国王的尊严，私下里说：没有国王的形，我们这些影就会消失，我们要形影不离呐。

可是，国王的形消失了，影子老大想到侍卫长迟早要抹掉他这个影。他不信侍卫长的许愿，何况，他看不起狡诈、残忍的侍卫长。侍卫长很快发现，国王的尸体已被盗走，肯定是影子老大所为。

侍卫长又推出了另一个傀儡——影子老二。他知道,自己坐国王这个王位,举国必乱。不过,影子老二和失窃的国王尸体实在是个隐患。侍卫长发出密令,缉捕影子老大,却又不敢明目张胆地行动。同时,又秘密禁闭了国王的其他替身。

侍卫长很快获悉,各地传来的谣言,说他谋反篡位。影子老大自称是流浪的国王。毕竟国王生前颇受臣民广泛的拥戴,况且,国王曾数次巡视各地,将形象印在了臣民的心里。这样,影子国王的号召立即唤起了各地的响应,纷纷揭竿而起。

侍卫长策划了效忠国王,也就是影子老二的隆重仪式,还在王宫前的广场广泛施舍,说是国王日理万机,身体消瘦了。可是,人们还是在影子老二的身上看出了虚假。影子老二不曾经历过如此隆重的场面。都城实行了戒严。而且散发了大量印有影子老二头像的传单,规定各家各户都要张贴。侍卫长想让臣民接受影子老二的形象,都城的骚乱渐渐平息了。

侍卫长又让影子老二签署旨令,捉拿影子老大。称影子老大是蛊惑民心,制造分裂,格杀勿论。差遣的杀手分赴各地。可是,影子老大行踪扑朔迷离,似乎他有了分身法,他竟能同时出现在各地,难道他网罗了又一批替身——影子的影子?

反馈的信息实在令他失望。侍卫甚至感到这个追杀的影子的行动,像是在沙漠中寻觅一粒异常的沙粒。年轻的侍卫长无可奈何地认为:惟有时间是最得力的杀手了,影子老大年事已高,加之提心吊胆地漂泊,增速了他的衰弱,最终,时间自然而然地可以消除这个心头之患。

侍卫长已掌握了王国的兵权,他调遣重兵很快平息了几处"叛乱"。可喜的是,一个密探已找到了影子老大——确切地说,是收买了影子老大的影子,一个影子老大的追随者。影子老大知道,只有像沙粒落入沙漠,而他投入影子的影子,那里最安全。他已接纳了无数位形体相似的替身。他自称是影子国王了。

侍卫长精心部署,通过影子觅着了影子——那个影子老大。暗地里押解到了王宫。侍卫长安排影子老二亲自审判影子老大。罪名已预定。

影子老二在影子老大身上看到了自己,因为影子老二胃口颇佳,那

些美味佳肴已丰富、充实了他的形体,像一个布兜,盛满了。影子老二获得了自信。他坐在王位,当场发令,绑起了侍卫长。

影子老二说:你的末日来临,还有什么可说?

侍卫长说:我失策了,没料到你会谋反,我小视了影子。

影子老二说:我能甘心做你的权力的影子吗?他又向影子老大说:你离开这么久,想到过今天这个结局吗?

影子老大说:我们都是影子,形消失了,影还能存在吗?

影子老二说:我现在就是形了,我将取消我的影子。

侍卫长说:结局明朗,我还是想知道,你怎么会这样?你只不过比我先走了一步。

影子老二说:你想成为国王的做法,就是我想抛开你的做法,这两年,我一直生活在你的阴影里,我清楚,你已经打算挟持我这个影子了,这点,我得感激你策划的一系列巩固我的形象的举措。

影子老二坐定了国王的宝座,仿佛国王一直坐在那里一样,只是,影子老二抹掉了国王原先那个影子的班底,一个夜里,秘密地斩了那些替身。继而,他派出了大量暗探,凡是跟他相似的臣民,都鬼不知神不觉地消失了。他成了王国独一无二的存在。惟一隐藏心中的恐惧是时间的影子,日渐逼近,好像那抹掉的替身在发笑。

容 器

> 国王提出想法——第一眼看见花匠，便认定花匠是个理想的躯壳。

国王出了天花。高热、头痛、呕吐，继而身体溃烂似的生出脓疱。终于病愈，结痂纷纷落下来。他卧起的第一件事，便是照镜子。

他在镜子里看见了一张陌生的面孔，丑陋不堪，坑坑洼洼，布满痘疱。他想着自己是一国之主，这副相貌有失王国的尊严。他不想听到"麻子国王"的说法。

他简直欲摔碎镜子。他自语：我这样高贵的人物，怎能寄托在这般模样的肉体内呢？

他闭门独处，拒不接见大臣，回掉了国外来访，他感到盛装这许多年的躯壳与他的灵魂那么别扭，简直无法待下去了，他的灵魂是那么尊贵和高尚。

他来到王家花园。那里有一个花匠，是个英俊的青年，像一面镜子，映出了国王的丑陋。国王本来想避开他，可是，国王走过去。花匠施了拜礼。国王注视着他，打心底羡慕他的英俊的相貌。

国王慢慢地和花匠攀谈。起先花匠十分拘谨，国王安慰他：这里就你和我。国王提出想法——第一眼看见花匠，便认定花匠是个理想的躯壳。

花匠受宠若惊，表示情愿国王借用他的躯壳。国王明确了一个前提：仅仅是换个躯壳，身份不变，但我可以委任你为王家花园的主管，你就不必劳作了。

花匠说：我喜欢操弄花木，还是干我有兴趣的事吧。国王应诺。国王的灵魂欣然地解脱了原来的躯体，好像乔迁进一座新的宫殿。

病愈后的国王，第一次隆重上朝了。大臣们共贺这是王国的吉福。不过，大臣们看见王位上坐着的是花匠，都疑惑不解，以为花匠趁国王患病期间篡了位。

国王说：我现在这个相貌，只不过是借来的一个容器，我得保持一国之君的尊容。

大臣们纷纷议论，卑贱的花匠凭什么坐在王位上，他们对国王提出了质疑，尽管国王仍然发出过去同样的威严的声音，可是，大臣们无法认可现在的国王。他们不信，一个人的灵魂可以随便进驻另一个人的躯体，王国岂不乱套了。

国王的权威动摇了。大臣推选出代表，前往王家花园，请来了花匠——一具国王的躯壳，那是他们辅佐、拥戴了十几年的国王。他们不听花匠的辩解，认为是花匠（实际是盛着国王灵魂的花匠的躯壳）挟持了王，现在该拨乱反正了。

国王（实际是盛着花匠灵魂的国王的躯壳）执政了，他说：我是花朵的国王。大臣们异口同声地说：您是我们的国王，是举国百姓的国王。

驻在花匠躯壳里的国王灵魂愤愤不平，却也无奈。大臣甚至进谏，把他打入大牢，或斩首示众。可还是放他回到王家花园，操弄花匠的活计，他的灵魂恍恍惚惚，像又要出离他欣赏的躯壳，他的灵魂在膨胀。他听说王国出现了许多忌讳，例如坑、窝、点、星之类词语不可出现在言谈之中，违者有杀身之祸，那都是麻子的转义和引申。

审 判

> 国王执意地说：显然，天国国王的地位要比我现在王位的地位高。

这座"无贼城"以没有小偷而闻名遐迩。可是，有一天，一位可怜巴巴的小偷来到这里，他的偷技笨拙，几乎濒临乞丐。他雄心勃勃地赶到都城，打算改变穷困的处境。

当晚，他爬上一个土坯屋顶，那屋里飘散出来的羊肉气味诱惑着他，他得了结肚子的问题。不过，他即将溜下院子地面的当儿，踩在一个石墩上，脚踝扭了筋。而且，房主闻讯赶出来，轻易地捉住了他。

天一亮，房主押着他，他将接受国王的审判。他一拐一拐地走到国王面前跪地，他对房主的叙述供认不讳。国王最后征询他：还有什么需要申辩的？

小偷当庭破口大骂，末了，对房主提出严正的指控。他说：陛下，我仰慕你治理的城市，远道而来，我的腿度量过那么艰难的路途，可是，他的房子导致了我的腿失灵，伤筋动骨一百天，俗话这么说，我在他的房子摔坏了腿。

国王说：他的那条腿，毫无疑问是在你的房子范围

扭伤的,这说明你的房子质量存在着问题,我们必须维护本城的形象。

房主立即说:陛下,我本人无力造房子,我请的是本城有名的泥瓦匠。

国王当即传唤泥瓦匠,泥瓦匠声称墙体部分完全按照施工规范建造,要是出差错,那也该是木匠。况且,小偷踩窗台不慎失足,一格窗棂断裂,便是明证。应召前来的木匠责怪本城一位漂亮的姑娘。

木匠说:我在按窗棂的时候,脑子开小差了,一门心思想着姑娘,我的手艺不用我说了。

姑娘像一朵艳丽的花朵,她表示根本不认识木匠。木匠提醒她,那天,她在观望一群响着鸽哨的鸽子。姑娘的恋人在守卫边关,凭借鸽子传情。

木匠说:那天,你对我一笑,迷住了我的心窍,我再也无法专心干活了。

国王又发旨,传唤养鸽人。是姑娘的弟弟——驯鸽人。本城飞翔的鸽子都经过他的手。于是,国王判决:驯鸽的小男孩被判处绞刑。

当天下午,刑场又出了麻烦。小男孩身高达不到绞刑架的高度。按照国王颁布的施刑条例,不得不当场赦免小男孩。不过,得当众选拔一位顶替者。

绞刑架的高度符合小偷的身躯。小偷有一个天然的受绞刑的身高,这是本城难得有的魁梧的身坯。围观者不禁羡慕起小偷的身坯了,姑娘由此想到遥远的恋人。

小偷觉得落入了都城预设的一个套子,他已获悉,本城还没有使用过绞刑架。这时,小偷表现出男子汉气概,他催着国王立即施刑,他自豪地喊:还等什么?我死后会成为天国的国王,那里,我什么也不用愁了。

国王听了小偷的话,便宣布中止施刑,而且决定由他本人上绞刑架再合适不过了。市民劝阻他,可是,国王执意地说:显然,天国国王的地位要比我现在王位的地位高。

国王发出最后一道御旨,小偷被释放了。国王迫切地走上绞刑架——他判了自己的绞刑。而小偷当上了"无贼城"的国王。于是,无贼城的小偷泛滥起来。

国王的信使

> 父亲说:这是国王的习惯,我已经习惯了国王的习惯。

　　我还是个天真的小女孩的时候,印象最深的是突然出现的国王的信使。信使大汗淋漓的样子,那匹坐骑喘着粗气,呼哧呼哧,像一个皮球戳了洞眼一样。

　　我正在玩沙子。捧着沙子,干燥的沙子像流水一般漏离我的指间。我的童年在沙子里流逝,没有别人打扰,惟有急促的马蹄和铃铛响近来,我知道国王的信使又赶来了。

　　他把自己缚在坐骑上,漫漫长途,父亲说要穿过沙漠,信使惟恐打盹或疲惫,翻下马鞍,便用绳索把自己跟马束缚一体。父亲是边陲的将军,闻声迎出去,接了信使的十万火急的信件,国王的信件。

　　父亲解开信使的绳索,已经不能行走了,父亲指示士兵搀扶着信使进屋歇息。我想像不出王宫离我们这有多远,反正,信使马不停蹄奔了十天。

　　我想,那封国王的信十分重要。可是,父亲展开,仅用目光扫了一遍,又丢在桌上,父亲的表情显示信件的

内容不值一提。或许，父亲已经麻木了。我担心父亲误了什么事。国王频繁的来信体现了父亲统治的边陲和国王的一种关系。

第二天，信使又返回，隔段时间，他又出现。那马蹄、铃铛的声音，造成一种感觉：国王那里发生了事情。只有父亲阅过信后的表情说明一切正常。似乎信使打破了枯燥的边陲生活。

我在马蹄、铃铛的声音里生长着。国王并没有召回父亲的迹象。可我看得出父亲思念都城，他出生在那儿。早晨，无垠的沙漠尽头的地平线，腾起火轮般的太阳，父亲凝神地望着它。我想着国王不断送来的信件，我们的命运正在发生着变化。

后来，父亲病倒卧床。我守护着他。他说：你长大了。他的床头摆着国王的信件，像我用沙子筑起的坝子，已经无法阻挡什么了。我听到外边的永恒的马蹄、铃铛的声音，我去迎接。

父亲让我替他念国王的信件。插着一根红色的羽毛，那是十万火急的标志。可信里并没有实质内容，命令是一纸空文，或说在漫漫的风尘里，文字褪色了，她只有借此发挥，她看到了父亲眼中的容光，类似夜色笼罩的沙漠中一点亮光，它正在被死亡的夜色淹没。

父亲似听非听。好像他料知信的内容。他说：这是国王的习惯。国王即使对疆域内的一切了如指掌，国王仍旧不断地发布命令。父亲说：这是国王的习惯，我已经习惯了国王的习惯。

父亲咽了气。可国王的信使照常出现，那一封封的信件，收信的仍是我的父亲。国王仍以为我的父亲活着。后来，信使不肯下马了，或说他不能下马了，他已习惯了马背的状态，不再用绳索，他的身体似乎和马焊接一起。

第二辑

镜子里的公主

剑

> 他挥动着宝剑,在空中挥动着,像是劈开着无形的敌手。

铸剑匠获悉妻子和武士通奸,他浑身像风中的树一样发抖,他打算伺机杀了奸夫。他放弃了铸剑,他认为,他铸的剑在怂恿武士蛮横和放肆。武士眼里没有铸剑匠。

国王召见铸剑匠。国王赏识铸剑匠的非凡的手艺,也宠爱武士的忘我的勇猛。国王说:是你铸的剑和我的武士结合创造了王国的威名,你的剑不能没有挥舞它的武士。

铸剑匠说:陛下,我不能忍受他大胆的侮辱,我得出这口气,他根本不把我放在眼里。

国王说:我亲手杀了武士,谁还替我开拓疆域?你的剑需要武士去发挥,才能显示它的作用。

铸剑匠说:我铸的剑一直代表了我的意愿,同时,也实现了陛下的心愿,现在,我察觉我忽略了掌握他的人竟敢肆无忌惮,我是个男人,我现在这样,怎能铸造那样锐不可当的宝剑了呢?我必须杀掉奸夫。

国王说:你又瘦又矮,他身强力壮,岂不是鸡蛋碰石头?

铸剑匠说:陛下,我铸的剑,谁掌握了都能平添武力,不要以为武士有多大的本事。

国王说:我不能杀替我打江山的武士,他很有威望,如果你还爱戴我的话,你和我都不能干这种事儿。

铸剑匠说:难道我被众人笑话,戴了绿帽子,还无动于衷?我咽不下这口气。

国王说:你不能动杀机,你要通过血腥来达到宣泄仇愤,我倒有个惩罚他的方式,软禁他,隔绝他和外界的联系,断了他的邪念。

铸剑匠说:陛下,小民的身躯属于你,我听陛下的安排就是了。

国王择定了王宫后花园,有鸟,有树,有花。起初,武士觉得十分新鲜,他还没料到,王国竟有这般优美、静谧的去处。他骑驼驰骋疆场,出入刀光剑影,甚至整日骑着骆驼,天地的辽阔任他游走。现在,他在这仅有十来步的小花园,渐渐,鸟鸣听烦了,花朵凋谢了,他焦躁地来回走,执着腰间的宝剑,至多,送饭的隔着门隙,递进可口的菜和酒,没有美女相伴,美酒寡淡无味。他听不到人间的气息。有一回,匆匆地走,一头撞在树干上,他拔剑劈断了那棵树。他喊,没人应。日日枯燥。时间顿时停滞,空间顿时收缩,他感觉里,花园在萎缩,狭小得像在挤他。

一天,他喊:这样禁闭着我,倒不如处死我。他担心自己再下去会发疯发狂了。他挥动着宝剑,在空中挥动着,像是劈开着无形的敌手。

于是,那把剑脱离了他的手掌,在明媚的阳光里飞舞起来,像一个无形的武功高强的手执着它。鸟屏住了鸣啼,花托举着籽盘,惟有阳光里,剑身闪烁着寒光。他眼花缭乱。他看到了锐利的剑头,还没出声,脑子里仅仅浮出未曾有过的卑微的恐惧,他的喉咙绽开一朵鲜红的花朵,花瓣呈现了流质的状态,迅速地舒展。那个娇女的形象顿时在他的脑子里凋谢了。

国王给了他足以和他的战功相称的隆重的葬礼,还鼓励武士们像他一样勇敢。而铸剑匠的剑又找着了它的搭档——剑还能创造出另一个英雄,只是,掌握它的武士不知道罢了。武士都自负地以为剑只是战场上演绎和显示他的英雄壮举的一个道具而已。

兵器行动

> 似乎不是他们在操持着刀剑，倒像刀剑获得了自由，又独自发动了叛乱。

事件发生在一个普通的夜晚，主角是兵器。和平年代里，这个夜晚和过去的夜晚似乎没有差别。开端是一件小小的事情，可是，它差一点儿毁灭了这个王国。

国王缔造了这个王国，他说过：使用武器是士兵的事情，而指挥士兵是统帅的责任。他曾下令刀剑入库，因为，刀剑似乎与和平的秩序不那么相容。他担心那些刀剑破坏了和平的生活气氛。

不过，那天，是下午，国王来了兴趣，声称要举行隆重仪式，检阅军队。他想用这种方式扼制邻国的邪念。国王已进入不适合战争的年龄了。

国王宠信的将领斯奉命去筹办阅兵仪式。他下令打开了兵器仓库，而且慰劳了他统率的士兵。士兵们喝了酒，纷纷表示要替将领脸上争光。而且，他们想到战争——仅仅是听说国王挥舞利剑所向披靡的功绩。漫长的安定生活里，士兵忘掉了作战的本领，甚至，他们甘愿充当了穿着兵服的平民。

统帅叫他们去领兵器的时候，他们的反应或多或少显得迟钝，类似农民去取操弄了一辈子土地的农具，只是，那些兵器唤醒了他们。已经难猜有什么激励的东西左右了他们，可能是那些兵器在漫长的岁月里仍没消失它们的灵性（我用这个词是否适当，但是，后来发生的事情不能排除兵器的灵性。而且，国王十分迷信兵器），它们耐心地等待着。

世上有无数种等待。兵器在等待中生锈了，可它们不失为兵器。士兵们是另一种等待，只是没有察觉到，他们看到了兵器，是兵器唤醒了沉睡在他们心底的欲望——兵器刺激了他们的邪念。于是，这两类等待邂逅了。

士兵拿到了兵器，便冲动起来，他们升腾着使用它们的冲动情绪——大概是酒水冲淡了原本的阅兵任务。那些兵器使得他们兴奋起来，他们拭去兵器上的锈斑。兵器在月光里闪着寒光。过后，有个士兵说他听到了刀的无声的奸笑。另一个士兵认为那是自信的微笑，像月光里蒙纱的美女。众说纷纭，是解脱罪恶的托辞？

有一点说法相同，士兵说那天晚间，他们听到了见识了刀剑的嚣张和疯狂。似乎不是他们在操持着刀剑，倒像刀剑获得了自由，又独自发动了叛乱。

士兵确实利用了这个骚乱——他们竟然否认是他们制造了骚乱，大肆进行抢劫，去获得平时他们喜爱的东西。统帅已控制不了这个局面。刀剑所到之处，是溅开的血花。

国王以为是邻国的突然袭击。他听到了宫外兵器锐利的响声和战争气氛的笼罩。他恐惧起来，而宫内大臣又畏惧起他。国王表面还佯装着稳重，他看见涌进来的刀光剑影，他慌了。

他顾不得国王的尊严，说：我是国王，你们想怎么样？

士兵都愣住了，只有刀剑的声音，都单调下来。他们终于看到了国王。

国王说：我知道，冷落了你们，我想，没什么不好商量的事情，完全不必采取这种方式。

士兵就跪下了。他们不知道夜闯王宫的目的，只是感到可怕。

国王说：我本来打算检阅你们，那里，你们可以展示军威，我将给予

重赏。我曾用你们手里的武器扩大了王国的疆土,现在,你们要用手里的武器去维护王国的安定。

士兵陌生地看着对方,窃窃私语着,反而衬托出可怕的宁静。国王拔出了剑,对着自己,说:我是死在你们的手里,还是死在我的剑上?这是一把追随了我一生的宝剑。

众士兵里传出死亡的残喘,那是几个士兵手里的刀剑消除了他们的愧疚和罪孽。

第二天,都城恢复了和平的秩序。国王公开宣判了他的将领斯,罪名是发动了一次未遂的兵变,斯是兵变的罪魁祸首。

大臣进言惩办兵变的骨干。国王说:我在危机关头看到了士兵的效忠,不能追究士兵,我已惩罚了怂恿他们的祸首。他又强调了使用武器的是士兵,指挥士兵的是统帅这类话。

国王取消了阅兵仪式,下令收缴兵器,清点入库。国王称那些兵器是猛兽,他说:还是关进笼子去吧。国王要求众臣忘掉那个可怕的夜晚。

显然,国王难以拂去那个夜晚的黑暗。他明显地衰竭了。弥留之际,他反复地喊:它们冲出笼子了,冲出来了,我听见了它们的响声,来吧,来吧,我已经不怕了。

王　袍

> 王袍的一角闪耀着残存的威严，它剩一个空壳。

王宫失守了。我们这拨小不拉子,拼命抵抗,最后,察觉出王亲、大臣、头目不知什么时候都溜之大吉了。地上丢着一堆乱糟糟的服装。我估计,包括国王,都套上了平民的服装仓皇逃走。可我们还临时拥戴着艾拼命厮杀,敌兵像草捆子一样纷纷倒地,分不出是哪方的鲜血,都杀红了眼。我们神差鬼使地跟着艾守护着王宫。我们已被抛弃了。

最后,我们退缩到国王的寝宫,艾要我们脱下兵服。这时,我猜着,艾那么卖力,一定是得到了许诺。艾曾羡慕国王的那套王袍,他私下里对我说过:迟早我将穿上王袍。他颇得国王的器重,是个挺棒的士兵,在大臣策划的宫廷兵变里扮演一个显赫的角色。只是,没来得及动手,邻国的大兵压境了。

我们站在一堆服装面前。是炎热的夏天,阳光粗暴地收敛着我们肌肉的力气。王袍的一角闪耀着残存的威严,它剩一个空壳。我们肃立着,等候发落。鲜血在凝固,只有艾的脑袋的伤口还像花蕾刚刚开绽,他的耳朵齐崭

崭地削掉了。

邻国的将军扫视着我们,突然,他喝令:国王站出来,我们只想见见国王陛下。

艾注视着王袍,他挺着胸膛,我替他捏着一把汗。

将军说:我们只想见见国王的尊容,其他人,该回去种田的还是种田,该放牧的还是放牧。

艾的目光专一。我怀疑王袍会被他的视线牵过来。滴血的耳朵丝毫没有干扰他。

将军挥动着刀,说:你们不敢响了?国王已经不是国王了,还怕他不成?你们这些蠢货,谁说了,本将军重赏。

我在心里喊:艾,你莫那样着迷,你的眼睛可能给你带来危险。艾的眼神闪着孤傲,我担心他做出什么愚蠢的举动。我一直相信,艾打算干一件事,就一定能干成,不达目的,决不罢休,甚至,有时,他有点儿霸道。我服帖他,是因为他护着我。

将军仰脸朗笑,那笑里透出血腥腥的杀机,他说:好,我不为难你们了,我佩服你们忠于国王,现在王袍在这儿,都来试着穿穿,谁合身了,算他运气。

将军的手下用矛挑出王袍。开始试穿了几个。将军嫌慢,说:你,来,就是你。

艾的样子,仿佛已有准备——期待着。只是,明眼可看出,王袍不合艾的身,艾的肌肉结实,一块一块,起起伏伏,有着力量的旋律,粗看,他甚至显得精瘦,决不能和国王那身脂肪的堆积相比。国王像一个沙丘,艾像一棵胡杨。艾站出去,那架势,像试穿替他订制的服装。

起皱的王袍套在了艾的身体上,丝绸的质地一下子显出了柔顺,如同他站在一挂瀑布的底下,兜头淋冲。宽绰有余的王袍似乎受了鼓舞,翩翩地抖动着。是艾的身体在膨胀,还是王袍在收缩,反正,两者渐渐达成了和谐。王袍像沉浸在幸福之中那样渐渐平静下来。

将军乐了,说:正合身,王袍找着了它的主人。

我想起艾的那句话:迟早,我将穿上王袍。现在,王袍欣然接纳了艾,了却了艾的心愿。艾的动作也异样了,不是一个武士,而是王袍原先裹着的身体做出的动作——国王的姿态,像是王袍的恣恿。我在家穿衣和在宫里穿衣不也是举止各异吗?

将军得意地说:陛下,是你的王袍出卖了你。

于是,我忍不住下跪。我左右前后的士兵都齐刷刷地跪下了,我受了他们的传染。我们都习惯了,宫里一旦看见王袍出现(当然穿在国王的身上,我们不敢正眼看国王),我们立即跪下。现在,那王袍仍然显示着它的威严。我(是我们)一时竟忽略了王袍易了主——我们只认得王袍。我们好像在听候国王发出旨令。我们垂着头,跪着。

猴 子

> 猴王取代了王位,它率领群猴里应外合,将人类驱逐出王宫。

国王接受了来自遥远的国度一位商人的贡礼——一对猴子。那位商人说:尊敬的陛下,我们那里认为,猴子是我们的祖先。

国王大喜,说:你把你们的祖先也奉送给我了。

国王发现,猴子除了体毛和尾巴,样子跟人类十分相似,他认定:猴子可能也是我们的祖先,我们共同的祖先。

商人作了手势,猴子竟然执起蝇拂,替国王驱赶苍蝇。

国王喜颜于色,说:我竟然享受着祖先的伺候。

商人介绍了猴子的特殊本领,能够辨别出菜肴是否有毒。这一点正中国王下怀,以往,御膳由王宫贴身侍卫率先品尝。

当即,备了份下了毒药的一盘果脯,猴子取了一嗅,随即掀翻盘子。商人说:这表明食物有毒。

商人显然对猴子颇有研究,他说:猴子的这种本领是在森林里无数次生生死死积累出的经验。

于是,国王用膳,左右已由猴子取代。国王的疑心很重,这下子,他不再担忧性命安全了。甚至,他想:人类不就是猴子的未来嘛。他相信猴子的聪明,周到和单纯。而且,他开始培训猴子的语音能力,可惜,猴子仅仅到达对简单的生活用语的准确反应。

  国王不大顺眼猴子毫无顾忌地在他面前表现出的亲昵的动作。那动作的结果是,不久,猴子生了小猴。一窝生了11个。随后的岁月,猴子表现出了强大的繁殖势头,王宫简直是猴子的天下了。

  国王挑选了一批中意的猴子,而大量的猴子只得送往宫外。很快,都城出现了一个新的群猴,猴子的世界和居民的世界相互错杂地分布着。国王闻知,开春之际,猴子举行了盛大的集会活动,居民只是观看,听不懂猴子在叽叽喳喳地商议着什么。

  显然,还有猴子的国王,最强壮的公猴,挥舞着前肢,群猴响应着举起前肢,仿佛出征前的宣誓。居民看着感到稀奇,只是那位商人神秘地出入其间。看来,他跟一批王宫的猴子关系甚密。王宫的猴子脖子都挂着铁片牌子,很优越的样子。

  不久,国王驾崩。是饭后暴卒,口吐白沫。中毒的症状。据目击者说:猴子没有对御膳作出异常表现,显然,膳食已下了毒,猴子作出的是相反的反应,对毒无动于衷。

  猴王取代了王位,它率领群猴里应外合,将人类驱逐出王宫。而且,街头摆出了未曾见过的果品。居民普遍中毒。剩余的居民都被粗暴地集中起来,伺候猴类。

  这个王国又返回它的祖先时代。不知过多少年多少代,它的文明才能重现?只是,商人控制了王国的整个商品市场,已成了猴子的奴隶的人们时常看见他出入王宫(他的身体骄傲地拖着一条令人羡慕的猴子的尾巴),可是,人类已被禁止使用自己的语音,代之的是猴子的叫喊和肢动。

  许多房屋被拆毁,宅基栽下了树苗。据悉,树木是猴子的房子。猴子开始培训人类攀援树枝的技能,一年举办数次盛大的攀树比赛。人们默默地承受着自卑,不过,肢体渐渐地适应了这种生活,他们的身体明显地长出粗毛,甚至,个别长出了一小截尾巴,那便可以获得猴子国王的器重。

天穹塔

> 仿佛宏伟的塔身是一个巨型磁场,那些款项多么可怜地消耗在它身上,它却巍然屹立,无动于衷。

谢志强魔幻小说

　　国王率兵很快占领了邻国,他终于立在邻国的天穹塔下。他忽然感到,仰视宏伟的天穹塔,他渺小得犹如一颗沙粒。仿佛身体还在缩小,尽管他以占领者的雄姿立在塔脚底,那塔在膨胀,而他在萎缩。

　　渐渐地,国王察觉,邻国臣民经过天穹塔,是一副崇敬的神态,天穹塔是他们的骄傲。而且,他已知,天穹塔是他们王国的象征。这个王国开国国王发起兴建这座塔,竟然凝聚了一盘散沙般的民心。其实,天穹塔几乎耗尽了国力,竣工时,已历经三个国王。

　　国王认为,征服一个能够建造如此宏伟建筑的王国,而且是从灵魂上彻底征服,惟一的方式,就是摧毁这个王国的标志——天穹塔。否则,天穹塔永远屹立,仿佛是不败的明证。

　　国王发出了旨令:拆毁天穹塔。那样,便能以真正的征服者的姿态统治这个王国。他的手下制订了一套拆毁的方案。不过,囚禁在监狱里的天穹塔的后代——家族的第十代,一个书生,他说:天穹塔已立在人们心中,不可摧毁,谁让天穹塔倒,谁就倒。

这激发了国王拆塔的决心。邻国已纳入他的版图,他动员了全国的民众,分批前来出工。无数条路在沙漠里连到天穹塔。密密麻麻的劳工像一群蚂蚁一样,围定天穹塔。天穹塔成了王国的中心。

开工不到一个春秋,国王委托的总指挥便醒悟:拆毁工程浩大,各种开销已无法计算,已出现费用短缺的情况,只得暂停。

国王大怒:一个实力雄厚的王国,难道不能拆除一座塔?不但不能停,而且要加快进度。

国王一声号令,全国各地出金捐款,国王还下达了硬性的募捐指标。同时,国库拨了大量的款项支撑拆毁工程。他甚至提出:这是保持征服者的威望和荣耀,否则,胜了也是败。

工程进度一下子快起来,可是,预算计划庞大起来,不可克制地膨胀着,仿佛宏伟的塔身是一个巨型磁场,那些款项多么可怜地消耗在它身上,它却巍然屹立,无动于衷。

开支又告急。总预算是个不可测算的数字。眼前得应付。国王已听不进劝告,他说:已经启动了拆毁工程,半拉子停工,堂堂的王国能不受到耻笑?避免这一耻辱的惟一途径就是拆,拆毁为止。

国王又出台了一系列配套政策,主要是增加税赋。他表示:国库有多少先拨多少,工程不能停,不能停,谁停了斩首是问。

国王随时掌握各地对拆塔的反映,原来被占领的地盘的臣民,都像打了秋霜一样,精神萎靡,这坚定了国王的自信。只是,他已听不进不符他意志的民情了。那些各地的"反映"经过精心筛选、取舍,都绝对符合国王的胃口,倒像是强化的论据和注释:国王的决策英明伟大。

国王弥留之际,各地纷纷揭竿而起,那些日子,沙暴刮得昏天黑地。拆塔工程已悄悄停止,国库、税赋已支付不了这项浩大的工程,而天穹塔仅仅拆了点"皮毛"。

国王卧病在床,临死前,还过问拆塔进度。

左右告诉他:已拆得差不多了。

国王说:拆,拆,拆得平地一样,我是永恒的占领者……胜利者。

历 史

> 这一切，都标志着一个历史的消隐——一场战争轻易地抹掉了它们。

邻国对它虎视眈眈，因为，据说，这个王国制造出大量的奇世财宝，而且，国王封锁了邻国的交往，完全拒绝了邻国的伤害。

于是，邻国发起了进攻。邻国国王认定了要了解它怎样制造传说中的奇世财宝。

这个王国早有防备。三天三夜，邻国国王的大兵连城墙都无法接近。城墙又高又厚，刚刚接近，立即有利箭飞出，攻城士兵纷纷栽落下来。

无奈，邻国国王采取围困的方式，不攻为攻。一个礼拜过去，又发起攻势，仍败退。城墙内，响起高声欢呼，甚至传来众声的歌唱。

邻国国王恼羞成怒，甚至丧失了攻城的耐性。这时，手下献策，发现了一条河，流进城墙，便发动士兵掘一个岔道，引河水流出都城。

又一个礼拜，城墙上边的歌声渐渐停息。邻国国王亲自指挥，伐了粗壮的胡杨树，数十人抬着，撞击城门。城门洞开，士兵呐喊着，蜂拥而入。

竟没有遭到抵抗。可是,将士们都怔愣了。他们的眼前,到处是尸体,地上的血液已凝固。苍蝇忙碌地飞舞着。出血的部位可以看出,是自刎。

邻国的士兵在街上、屋里,发现了可观的财宝,十分精致不过,他们看见,王宫的墙壁上被刮掉了一层,是用刀具刮的痕迹。据传,城里的居民制造财宝,都按照王宫的墙壁上的工艺程序严格进行操作。墙壁上还留着壁画的残痕,仅仅是零零星星的色块。

将士都沉浸在胜利的喜悦之中。只有邻国的国王茫然地望着刮过的墙壁,他蓦然起敬,他的对手在失守的最后,消除了表现他们创造的图景,而这正是他渴望掌握的东西。他生出失败、失意的感觉。他感兴趣的已不是财宝本身。

都城已成一片废墟。士兵们携带着财宝,踏上归程。后来,这些财宝流入民间,数量一年一年、一代一代减少,至今,连实物也没留存下来。因为,王朝的更替,它的价值忽明忽暗。

不过,邻国的国王凯旋之际,他没了胜利的自豪。那制造财宝的方式(那方式背后又有这个王国的物质、精神生活的状态)都是他一手毁灭,他想到刮掉的壁画和自刎的人们,这一切,都标志着一个历史的消隐———一场战争轻易地抹掉了它们。

墙　石

> 梦里,有人数清了监狱墙石的块数,还有墙石凿痕的线条的细微的差异。

　　国王没料想苦心捉来无耳人丰富臣民的娱乐生活,可还是成了赌博的载体,而且,这种赌注越下越大,波及越来越广,再不加以制止,整个王国岂不是一座无形的赌城了?

　　国王出台了一连串的戒令,都控制不住赌博的蔓延势头。又不能关闭观赏无耳人的场所,毕竟由他一手倡导的呀。错的不是无耳人。

　　于是,国王下了狠心禁刹赌风,凡是参与针对无耳人的赌博(这种赌博已离开了现场),一律捉拿入狱。很快,国王管辖的各地监狱爆满。国王又征募大批工匠,在各地采石建造监狱。监狱的墙石都由山岩凿成,一块一块,运过来,中途有戈壁沙漠,颇费周折。

　　各地立起的石料墙体的监狱混杂在民居之中,与土坯垒砌的民居,形成鲜明的对照。监狱的数量、规模明显越过了民居,甚至,大批民居已空置。那么多臣民不顾一切地投入无耳朵的人生出的孩子是否有耳朵的猜赌,多么空前的好奇呀。街上走动的不过是老弱病残。

　　监狱里,赌博仍在继续,只是,岁月耗磨了他们的热情,他们已难以获得无耳人的信息,况且,赌注已化为泡影——房子、妻子都隔离了他们。他们看着摸着凉凉的硬硬的墙石,无耳人不过是一个幻觉,他们的睡眠里,脑子里是一派空白,像是沙漠。他们本来就不会做梦。曾经听说过有人做梦,他们仿佛初次观赏无耳人那么稀奇:梦是什么样子。他们对做梦的人的评价是:魔鬼钻进脑袋里了。

　　后来,不知过了多久。时间对狱中人来说,已失却了行进的标志,像沙漠中的沙子那样,永恒和凝滞。他们在数墙石中增强睡意。突然,有一天,厚重的牢门敞开了,狱卒说:国王实行大赦,你们可以回家了。

　　更换了一位新的国王。王国已被邻国占领,占领者挟持起一个国王。走出监狱,他们受不了阳光的刺激(阳光像针刺一样),伤心的是,他们已没了居住的房子——土坯房是一片废墟。没人住,房子迅速地衰败了。可他们不肯离开宅基地。

　　新任的国王考虑,必须消除笼罩在居民心头的监狱的阴影(谁能不触景生情呢),提倡居民拆了监狱的墙石建造牢固的家园。居民带着报复的心理拆除了监狱,同样的墙石换了角色——民居的墙体材料,那是对他们坐牢的补偿吧。

　　不过,这回,国王大惑不解了:臣民住进了监狱的墙石垒砌的民居,可住进去的人们都不肯轻易出门,好像有一道无形的门在关着,就是不肯出门。他们的反应是:我们已经习惯这个蹲在里边了。

　　国王派出差役说服、动员:这已经不是牢房,是你们自己的房子,你们是彻底自由了。

　　他们说:我们习惯这样。

　　无数岩石凿块垒砌的民居,居住着无数蹲过监狱的人们,他们保持着过去囚犯的生活习惯:静静地蹲在地上,懒得讲话,懒得走动,语言已达到最吝啬的极限。摇头、点头,代替了声音,都是满足蹲在居室里的状态。

　　惟一不同的是,他们开始做梦。因为梦的内容十分熟悉,他们误以为那不是梦。梦里他们看见自己蹲在监狱里。梦里,有人数清了监狱墙石的块数,

还有墙石凿痕的线条的细微的差异。这是梦境难得的惊喜,就像发现无限的沙漠中一颗奇特的沙粒那样。所以,醒来,房子的墙石似乎又印证了梦境。他们混淆了醒着和睡着的界线,剩下的便是继续保持固定的姿势坐着。

　　国王无可奈何:这是一个懒惰的淡漠的王国。他在思索,怎么将臣民的情绪激发起来。起码,眼前,他措手无策。可怕的是冷漠呀。派出数拨人寻找无耳人的居息地,都是失望。国王疑惑:同样一块墙石,造监狱,建民宅,它的实际效果应该截然不同呀。不过,值得自豪的是,沙漠地带的王国,只有他执掌的王国用石料造民居呢,来访的邻国使团不是很羡慕吗?

重现的铜镜

> 现在,我本身不就是那面铜镜吗,我的记忆不断重现着我的经历。

我带了足够三天食用的馕,还有久已不用的羊皮水袋。母亲猜定我的去向。她说:我又梦见沙子淹埋了我们的村子了。

我不愿透露我的秘密——去探看我的诞生地,那是埋进沙海的村子。母亲说起被放弃的家园,那神色,像是经历一场惨烈的战争一样。她时常做那个梦,她说流沙像洪水。

村里的长者,都不轻易言谈埋进沙海的村子,好像我们祖祖辈辈都生息在现在的村子。而且,他们一再关照我们晚辈不可涉足那里——那是不堪回首的记忆。偶尔,长辈的嘴里泄漏出自豪,他们的祖辈曾辉煌过,在一个称作"皇宫"的镇子,我想,是比埋进沙海的村子还要早的一段历史了。

可是,我想见识我的出生的地方,母亲说:你一落地,哭得很响。哭声预兆了村子的命运,接着是迁徙。现在,母亲关照:你跑得那么远砍红柳干啥?我说村子周围的红柳包都被掏空了。

埋进沙海的村子并不像我想像里那么遥远，走了一天，到了。村子像浮出水面一样，圆塔、残壁可以看出村子的规模，亲切得跟我梦见的差不多。甚至还有墓地，我估计是村边了。我在屋顶、断壁上面走，墙壁留着烟火熏过的墨迹，下边发现了灶台，还有炕头。只留下太阳的温暖。

我听见了自己的呼吸。我有一种呼喊的冲动。我没出声。母亲梦里说：别出声，别惊动它们。大概她回到了古镇。平时，母亲沉默寡言，担心打扰了什么那样。一次，母亲喊：来了，跑不掉了。我问她怎么了。母亲说：做了一个梦，你睡吧。

母亲曾几次叮嘱我，到了没人居住的地方，可别大声嚷嚷。她似乎看透了我的心思，只是没挑明。她知道阻拦不住我，我一旦想定一件事，再劝也没用。母亲只在梦里话多，好像说给我听。她的梦境不都是淹埋了的村子吗？我不是捎带了她的夙愿来了吗？

我抚开流水一般的沙子，在炕头歇了片刻，我是在享受回家的感觉。或许，我就在这个炕头发出第一声啼哭——我的宣言。沙子柔软得如同羊绒。

我终于憋不住，我喊：哦——哦——于是，我听到沙子的流响。似乎要重新遮住显露出来的村子。我一下子站起来，抖擞衣裤，沙子像烟雾一样弥漫散开来。我好像着了火。

这时，我看到炕头一个铜镜，稍稍蒙了层绿锈。我拣起来。我在书里认识它。我一眼认出了它。我忽然觉得我那村子缺失了什么？整个村子，百把户人家，竟然没有一面镜子。我怀抱着它，入睡了，我醒了一回，冷呀，缩了缩身子，夜空罩着我，几颗凉凉的星星。我再次醒来，我身上已盖了阳光的被子。沙子闪烁着金子色泽。一粒一粒，十分均匀，它在我的手掌里水泻一般漏掉。我拍了拍手，擤了含沙的鼻涕。

我听见了陌生的咒骂声，似近似远。周围凝滞不动，像是一次我潜入沙枣林，鸟语戛然而止。我跑出废墟，担心被牵扯住那样，跑得很快。风轻轻地消除了我的足迹，如同不声不响地抹掉一段古老的历史。

我回到家，忽然记起，我的砍刀遗落在废墟里。母亲没有提起柴火的话题。我怀里的铜镜已和我的身体交流了温度。仿佛我掏出的是我身体的一部分。

我说:妈,我给你看一样东西。

母亲的脸色惊慌,她说:还回去,还回去,我们不能拿。

我说:我又不是偷的。

母亲说:还回去,还回去。

我强调,说:我拣的。

母亲不安地撩起围裙揩手,说:我们不能要,不能要。

我满不在乎,母亲误解了它的来历。我拭擦着镜面,绿锈抹去,我的脸映在里边,甚至,我对着他笑笑,一张晒黑了的脸。

母亲生气了,说起梦里的话:来了,跑不掉了。

我的脸模糊起来,镜子像一个决口,沙子涌过来,好像我在门孔里看见的沙暴。屋子,整个村子都淹没在洪水般的沙暴里。我还听见风的呼啸。镜子重现了不堪回首的记忆。门外呼喊着,大人小孩。母亲说:来了,快走。

这就是我的一段记忆——是沙子的颜色,我怎么对我的后辈说呢?难道说,绿色在我的砍刀底下消逝了?

村子变成了沙子的颜色,它的灾难又一次降临了。只不过周围的绿色转成灶膛的红色。仓促中,我丢弃了那面铜镜。现在,我本身不就是那面铜镜吗,我的记忆不断重现着我的经历。我时不时听到陌生的咒骂,既远且近。

我想起,有一回洗脸,可能我累了,我看见了平静的水盆里我的面孔,过去,我只能在母亲的提醒(脸上有泥巴呀)里知道我的脸。我发呆地俯视着我的脸,母亲的手突然伸进水里,搅乱了水,说水不烫吧。我没往深里问:我们村子怎么忌讳镜子?我看不清自己。

镜子里的公主

> 反映在镜子里的公主竟然活在了镜子里,她的正身悄悄地葬在墓地。

国王发愁年事已高,可王子热衷画画(国王的眼中,那是糊涂乱抹),丝毫没有表现出对王位的兴趣。一天,王子提出要去邻国画画,画邻国的公主——那芳名已闻名遐迩。

国王的惟一希望是王子娶了妻,或许能改变眼前这样独往独来的状态。王子说:我只是证实一下传闻是否真实。

国王说:孩儿,你要是看中,我亲自出面提亲。

王子立即动身去了邻国。王子先在街头替路过的市民免费画像。很快,获得了人们的尊敬,他确实画技不凡。

不久,邻国国王派来差役,约他进王宫,差役婉转地告诉他:公主有意找他画个肖像。

邻国国王召见了他,问答之间,他没有暴露他的身份,礼仪过后,王宫侍从引领着他去公主的闺房,一进又一进,每一进都一样,似乎在缩小,但没个底那样。终于,他停住脚。

王子听到一个声音:你来了。

那声音像雪融化的水,在岩石间流淌,既近又远,仿佛来自天际,又发自地底,是一种墙壁容纳不下的芳音。

王子四下张望,说:我来了。

公主的声音:我想你能把我的样子固定下来,用你的画笔。

公主的声音(有点忧虑):我可以用另一种方式让你看见我,不能让你见到我的真身。

王子疑惑了,说:我试试吧。

侍从揭开了一块丝绸,墙壁是一面镜子。公主的声音:你只有看见镜子里的我了。

王子发现镜子里的公主的唇启和话音的节奏十分和谐,他猜测公主就在镜子对面的某个地方坐着——镜子里的公主是坐着。不过,屋子里空旷无物。他想:镜子可能是更大的屋子的一扇特别的窗户。

公主的声音:你不必寻找了,镜子里的样子就是我。

王子忘了自己的来意,镜子里的公主彻底地征服住了他——她比语言流传出来的公主不知美多少!

公主的声音:你还愣着干什么?

立即,他担心公主消逝那样,忘我地画出了公主的肖像。他将画对着镜子。

公主的声音:留下吧,我的父王会支付你报酬。

王子说:我一见着你就希望能亲眼见到你。

公主的声音:你已经见到了,可以离开了。

王子拒绝了邻国国王的重赏,他说:我需要的是我迷恋的公主,我一定要见到公主。

邻国国王说:打消这个美好的念头吧,公主早已病亡,英俊的青年,我真诚地告诉你了,我很爱我的女儿。

当晚,王子终于用上了父王强迫他练习的武艺,他轻易地潜入了公主的房子——好像走了很久,那是类似城中之城的建筑。他幸运地找到了那面镜子,借着月光,公主仍在镜子里,只是没有动,坐着入睡了,睡得那样美丽、神秘,还有他难以忘怀的一粒黑痣,美的造化。

他撬起了镜子。顾不得苏醒的公主,她在镜子里抬起头,说:你这样是要了我的命呢。

他慌了,一失手,镜子碎了一地。公主消失在碎片里。他用手去收拢碎片,说:公主,你爱你,我是王子。

后来,邻国的国王望着公主的画像,去世了。王宫透露出一个秘密:其实,公主并没有镜子里那么漂亮,正因为这个缘故,公主始终躲避着不愿出来,只有王宫里的可数的几位侍从可在镜子里看见公主,镜子反映出的是公主最美那一部分的特征。反映在镜子里的公主竟然活在了镜子里,她的正身悄悄地葬在墓地。

王子打破了镜子,公主的映身便消失了。于是,王子只有在画画中一睹公主的芳容。他凭着印象不断地画着公主的肖像,那些肖像,不断地重复着,那便是后来传说中的"楼兰公主"。

王子拼命地作画(已到了疯狂的地步,那是王子爱恋公主的方式,他不相信他爱恋着一个早已死去的公主,镜子迷惑了他),而且,带了诸多的徒弟,徒弟的画又依据师傅的画为摹本。那一系列肖像的肖像的肖像的画作,渐渐偏离了镜中公主的原貌。可是,一代一代,都没有一个人能够考证出:到底真实的公主有怎样的容貌,而只有当时的国王和王后看见过,可惜,国王去世,那幅第一张公主的肖像也成了随葬品,国王实在宠爱公主。

拐　杖

> 他站不起来了，倚着岸旁的一棵胡杨树，他把拐杖插在水边。

国王料不到抢王位的幕后策划者是他宠爱的王妃。王妃的儿子坐上了国王的宝座。王妃念及多年的恩爱，没把国王打入地牢，而是放逐到无墙的监狱——沙漠。宣布永世不得返回绿洲。

太阳升起一竿子高的时候，国王踏上了沙漠。昔日，他仅仅消遣性地狩猎进入过沙漠，有坐骑，有仆人，现在，他孤寡一人，只在绿洲边缘的胡杨林扳了根树枝当拐杖，他已不是适合远足的年龄了。

他听说过沙漠是魔毯的神话，现在，他认识到那是现实。没有绿色的沙漠，阳光里，升腾着暑气，远处的沙包都变了形，即将融化一样。他的步子开始加快，并不是他想快，而是脚底板受不了沙子的灼烫。沙粒像炭火，浓缩了热量，又散发出来。

没有尽头的沙漠。无形的鞭子在驱赶着他，快跑，快跑。他想着跑不动了，便到达了他生命的目的地。拐杖分担着双腿的负荷，甚至，双腿似乎也成了两根拐杖，自觉地移动着。他的大脑如同沙漠,一派空茫,充满了酷热。

难道大半生积蓄的力气都是为了应付眼前的处境？不能停，不能停，他发御旨那样念叨。沙漠无动于衷。忽然，他的眼一亮，他看见了一面镜子———一湾水。他穿过了一条干涸的河床。绿色是镜框。他在镜子里看见了落日。最后，他看见了自己。

余晖染红了水。水面是他苍老的面孔。他狂饮着水。镜子顿时破碎了。他的面孔破裂了，漂浮在水里。惊起两只野鸭。他曾经一枪打下两只，后来知道其中一只不是他射击的箭，可贵妃的儿子赞叹他的箭长了眼睛。

镜子恢复了原样。他不忍正视镜子里的自己。他站不起来了，倚着岸旁的一棵胡杨树，他把拐杖插在水边。他和衣入睡了。夜晚庇护着他。梦里，他蹲在王都的监狱里，他在奔跑，那墙随着他的脚步在后移，却始终挡着他。他失望地呼救：放我出去，我是国王。

阳光刺着他的眼。篡位的国王宣布：放他进一座无墙的监狱。他想沙漠比牢狱更可怕。迟早他得倒下。现在，他还得继续走，或许走得出。于是，他去抓拐杖。

他惊异了。拐杖已经抽出了绿芽，他不忍心去拔它了。胡大的旨意。他朝着太阳升起的地方跪拜。他知道他走出了监狱。水面，一个激愣，一个圈套一个圈，那是鱼创造的图景。不久，他又看见镜子里的自己，他笑了。走出监狱并不意味着要走出监狱之外。

他搭起简易的棚子。鸟粪中的食物生长出了他熟悉的庄稼。他想，我又是国王了。那个拐杖长成了一棵树的时候，国王平静地咽了气。可他生活的地方已经陆陆续续聚集了居民——相当一部分是他在位时建造的王室牢狱里逃出的奴仆。这个地方有了名称：拐杖国。

花 瓶

> 那座城市的标志便是各色各样的花瓶。

国王的儿子鲁沉迷在画花瓶之中。衰老的国王有心让鲁接位,便数次干预鲁。鲁很固执,他说:父王,我无意坐你的王位。国王很失望。

鲁的脑子里装着两个都城。一个是他生活着的都城,他连城也没出过,那几乎是他的世界,似乎整个世界就这么大。不过,他还有一个梦想都城,那是邻国的都城,他只不过耳闻王宫大臣述说过,凭着这个,他脑子里已形成了那座都城的面貌,那是充满了花瓶的城市。甚至,他的感觉里,他已去过了,他生活在那个都城里了。

那座城市的标志便是各色各样的花瓶。鲁便在王宫的墙壁、柱子上面,画了无数个花瓶,花瓶里插着各种盛开的鲜花,十分逼真,不同时间空间的鲜花都永远不败地开放着。于是,鲁觉得真正生活在另一座都城了,甚至,他的画作风格题材逐渐流入民间。幸亏国王传旨,禁止王宫以外的地方出现花瓶题材的装饰。国王认为这是王国的尊严。而且,国王担心,整个王国都蔓延了花瓶,是个不祥之兆。

鲁的花瓶画作已占据了整个王宫，国王奈何不了他，宠惯了嘛。鲁把两个都城混淆了，而且，他实实在在生活着的都城倒虚无缥缈起来。明显的表现是，鲁碰上王宫的大臣、王亲，对方恭敬施礼，亲切问候，他竟然未听未见那样，径直走过。起先，对方还以为鲁有成见，后来，发现鲁一视同仁，都成了陌生人。

国王焦虑起来，期望鲁亲政。王后建议，首先得让鲁娶妻，那可能改变鲁目前的状态。国王有意和邻国结亲。出访的大臣暗中牵了红线。邻国国王也想把公主嫁过来。国王安排了鲁前去邻国访问，那里将举办一个花展。想像的花瓶和真正的花瓶毕竟有差异。那样，可以结束鲁的想像。

鲁抵达了邻国的都城。他惭愧起来，因为，面对邻国的花瓶——壮观的花展，他过去的想像顿时破裂，现实到底超过他的想像，他自以为想像多么美妙，他立即沉迷在花展里了，包括王宫的饰品，都以花瓶为主，插着一束束鲜花。他用花瓶图案装饰起来的王宫那么虚假。而邻国的都城却十分真实。他废寝忘食地临摹着，他担心那些鲜花凋谢、枯败。他抱着抢救它们的迫切一幅一幅地画着。预先筹划的诸多仪式、礼仪在他面前都没有用了。

短暂的花展结束了——花期过了。鲜花已展示了它的辉煌。这当儿，鲁觉得自己像是一个别人的梦幻，他怀疑起自己是否真的活着。如同鲜花的梦达到了尽头那样。惟一真实的是他凝固在画作中的鲜花——活在花瓶里。而且，他恍惚他一天一天地消散，云雾一样的方式消散。倒是生活在父王执掌的土地上的他有几分真实，他生活在那里。

鲁回到王国，像一场梦游，醒转来，仍躺在原来的地方。只是那些画作使得王宫里的图案相形见绌。父王、王后欣喜地观赏他的画作，可是，那些画中的花瓶，怎么看，都有邻国公主的倩影。围观的群臣、王亲还是只看到美观、精致的花瓶。鲁莫名其妙地冒出一句，说：父王，我打算结婚了。父王舒了一口气，大喜。可是，邻国传来消息：花瓶碎了。

珍　珠

> 珍珠闪着太阳的光辉，雨一般地散向街道、广场。

发起攻占珍珠城的前夜，国王梦见了无数颗珍珠四下里无序地撒落，而穿起它们的细线断了。醒过来，国王第一次想着自身，好像一个刺客正在一步一步逼近。他向来没有畏惧过什么。可他像突然看到了路途的尽头一样。是不是生命衰竭的迹象，他确实乏了。空前地乏。

他以珍珠自诩，便容不得异国拥有珍珠，那意味着别人掌握着他。这就是此次远征的目的。沙漠的地平线，腾起一轮旭日，他又恢复了国王的豪气。

预先策划的攻势轻易地实现了。重兵流沙一般拥进珍珠城。国王发令大开杀戒。他想除掉掌握珍珠的人们。城内一派混乱和血腥。

一个奔走的老妪呼叫：不要杀我，我有一颗你们的国王。

追兵欲去索取老妪的又大又圆的一颗珍珠，突然，老妪笑了，说：我已吞下了你们的国王。

兵士立即划开了她的腹腔，取出了那颗珍珠。他们耻笑老妪口出狂言。

国王已坐定珍珠城的宫殿,他突然感到气闷,像是关进了无窗无门的房子,他命令打开所有的门窗。疲倦重新袭来。他传令:无论珍珠藏在何处,一颗不剩地找出,我等着验看。

受老妪的启发,寻找珍珠的行动转入了意外的途径,那些横七竖八的尸体,遭受再次的灾祸——士兵剖开了所有尸体的胸腔,胃囊里的珍珠夹杂在停止消化的食物中,甚至,搜寻的士兵疑惑那是培育珍珠的地方。

无数洗净的珍珠,汇集起来,盛在一个丝绸铺裹的箱子里,抬到国王面前。国王选中了一颗最大最亮的珍珠(他不知它取之老妪腹中),仿佛在镜子里看见了自己。

国王下令:赏赐随从,耳上穿孔者,一人两颗。

当时,无数耳朵喜悦得发热。尚未穿孔的耳朵立即穿了孔,以致所有室内室外的人都得到了相应的珍珠。

国王含着那颗珍珠,又一次想到了梦里的珍珠,他咽了一口唾沫,顺便带进了那颗珍珠。

众人仍陶醉在欣赏珍珠的欢悦气氛里,好像获得了身份、地位的标志。

国王已朦胧看见了无形的"刺客"渐渐近前,说:今日是行赏的日子,剩余的珍珠全部撒出去,让大家享受胜利的回报吧。

珍珠闪着太阳的光辉,雨一般地散向街道、广场。又落在沙土的地上。寻觅的人群折腾出乌云一般的沙尘。

国王看到大限已降临,他对宠臣遗告:我去后,不得发丧、不准举哀,这样,我的对头不知我已去了,他们不知我的去向,以为我存在着,凭这,他们不敢轻举妄动。

大臣遵照国王的遗嘱,秘不发丧。过后,许多日子,人们依然沉浸在寻觅珍珠的热情之中,许多珍珠已遮蔽在沙子里,寻觅起来,很费事。很久很久以后,还有人在寻觅,而且,能够偶尔幸运地捡到一颗或两颗珍珠,人们都想争着,珍珠如同果实长在沙土里的植物,可以不断地掏掘,因为,它们在一年一年地生长。于是,这种寻觅暗暗地继续着,可相互之间都瞒着。这类寻觅的行为遗传似的体现在很多老年、中年、少年的身上。

　　国王埋人何处，是个秘密。后人还是在沙漠的一处废墟里发现了一具干尸。凭着他的服装可以判断他生前的荣耀。窃墓人打开了他干瘪的肚皮，那里有一颗奇大无比的珍珠。窃墓人认为他是传说中珍珠城的城主，据说，珍珠城的每一个臣民都有肚子里孕育珍珠的本事。

　　盗墓人的发现，又掀起了一轮寻觅珍珠的热潮。不久，热情又冷却了，沙子又将人们制造的痕迹抚去。沙漠像一个国王，保持着永恒的尊严。那颗珍珠，不过是沙漠这位沉默的国王偶尔挑逗一下人类的兴趣罢了。热潮降温，还是可以发现那类寻觅样子的人，他们固执地想着能碰上运气，某一个地方，一颗珍珠在耐心地恭候着他们中的一个人。

珠子的舞蹈

> 国王喜欢欣赏珠子的舞蹈,而珠子一旦舞蹈,又意味着威胁的逼近。

国王接纳了一个老人的进贡。据老人自称,他代表他所在的那一方土地生活的臣民,表达对国王的拥戴,这两颗珠子便是明证。

国王占领这个王国,屡受刺杀、谋害,他觉得这个王国处处隐匿着敌人。他还是第一次看到臣民的忠诚表白。

老人说:陛下,我这一对珠子是家传珍宝,它们一碰着毒药就兴奋,兴奋地跳舞。

国王大悦。他现在时常面对膳食提心吊胆,已有数名侍从中毒身亡。他进食前,必须有侍从率先品尝把关。国王立即安排了放毒药的菜肴。

果然,两个珠子浸入菜肴,便一跃而起,兴奋不已地蹦跳,在桌上此起彼伏,像是经过严格训练的王宫舞女,跳得姿态优雅,还不时地相互碰撞,发出清脆的响声。

国王给予老人丰厚的赏赐。他开始欣赏这对珠子,像玛瑙,又不是,似玉石,也不是,这是两个稀世珍宝。有了它们，国王顿时消除了疑虑和心病。不过，他清楚，要在灵魂上征服这个王国并非容易的事情。

两个珠子成了国王的忠实侍从，这个秘密仅限于国王，可是，还是不断地有人自投罗网，隔数日，两个珠子就对送来的菜肴跳舞。国王立即发旨追查投毒罪犯——膳食房的厨师、帮手，又牵连各自背后的王宫官吏，一抓就是一串子。又招纳和任命一帮新手。

很快，王宫上下，都知道了那两颗珠子。国王便对两颗珠子宠爱有加。他要求保管珠子的侍从：珠子享受王亲的同等待遇。珠子是物件，无法加官俸禄，但是，在形式上珠子政治、生活的待遇已超过了宫内的宠臣。甚至，国王听政时，珠子陪伴其左右。

众臣不免对珠子敬畏，仿佛珠子能识别出他们的心灵阴暗。那段时间，王宫内平安有序。每逢国王用膳，那两个珠子已成了必需的程序，它们幸福地浸泡在国王的膳食里，而且，国王并不取出它们。

国王举动木勺时，先去碰碰碗盘中的珠子，那一刻，国王显出了慈爱之情，两个珠子如同聪颖、顽皮的王子。他说：来，你们和本王共同进餐。

直至国王放下碗勺。珠子沾满了油珠和饭屑。侍从当着国王的面给珠子"净身"，那是用羊奶或驼奶又浸泡了鲜花的花瓣制成的净身液——特别是初开的沙枣花，细碎的花朵，浓郁芳香，国王最后会捧着珠子吻一吻，那是无限的深情。国王觉得珠子维系着他的性命。侍从在替珠子"净身"的过程中，稍有磕碰，国王便动怒。其实，珠子舞蹈的时候那么剧烈不也没有丝毫损伤吗？

宫女的舞蹈已不能吸引国王了。可是，国王又生出忧郁，毕竟珠子长久没有舞蹈了。国王喜欢欣赏珠子的舞蹈，而珠子一旦舞蹈，又意味着威胁的逼近。无聊之极，国王就授意在膳食中下毒，他要观看珠子的舞蹈，——久违了毒药，珠子的舞蹈近乎疯狂，甚至一跃，双双落在石板的地上，敲击地板的劲头使得国王心疼。国王担心它们受伤，他欣慰地想到它们的忠诚无疑。

国王不再采用这种方式取悦了，他沉浸在对珠子的舞蹈的回忆之中，他在最后那一次珠子的狂舞中感到一种死亡的气息。于是，国王格

外地呵护它们,原来的"净身"仅仅是膳前餐后,他规定,还加上早晚各一次,净身液的鲜花,有的是乡间采摘,可王宫专门修建了暗房,终年鲜花盛开。

珠子已习惯了净身,甚至,天气酷热,珠子偶尔不安地跳动——那不是舞蹈,而是珠子表达它们的愿望,国王以为珠子表演了,可一旦珠子置入净身液,它们又陶醉地平静下来。国王又要求伺候珠子的侍从在天热天冷的时候,增加珠子的净身次数。珠子始终散发出特殊的芬芳,似乎珠子已吸纳了天地间花香的精华浓缩一体。

国王不再观看珠子的"净身",那是一个复杂费时的过程,他只随身佩戴着它们。他发现,珠子竟能刺激他的性欲,他也像珠子一样疯狂地舞蹈,只是,床铺是他的舞台。国王在舞蹈中仿佛在模仿珠子的舞蹈。他惊奇自己竟然这么体力旺盛,他认为,这是珠子赋予他的力量。

不过,不幸终于发生了,那个不幸似乎酝酿了许久——国王中毒了。那次用膳,照常是珠子浸在膳食的碗里,珠子没有作出反应,它们应当及时地舞蹈呀。

国王腹中绞痛,他知道可怕的谋杀终于降临了。他望着珠子,说:你们怎么没舞蹈?

那个献珠的老人来了——国王早已安排老人在王宫里当差(看护花房)。国王忍痛责问老人,说:你谋害了本王。

老人笑了,说:陛下,是你过分宠爱了珠子,我的祖辈起,珠子都洗浴的是毒水,它们本来对毒药很敏感,我说过,它们一碰毒药就兴奋地舞蹈。

国王说:可,它们没有舞蹈……

老人笑着平静地说:陛下,你改变了它们的本性,它们已习惯了你安排的生活。现在,它们一碰净身液就跳舞了,你已经没看见这一点了。

国王的口中流出乌黑色的血液。他生命之火熄灭的最后那一瞬,脑子里闪过的是一对珠子的狂舞。

征 服

> 一颗沙粒落定，击起了无数沙尘弥漫。

国王率兵出征最后一个毗邻的王国，途中，他患了肺炎，高热持续数日不退，烧得他的身体像狂风掀起的沙尘。他统治的王国按动物纪年。他猪年初起兵，势如破竹，周围的王国先后纳入他的版图。现在，到了纪年的最后一年，是猪年，一个轮回的纪年。

这个十二动物纪年，留在他记忆里的是厮杀、厮杀、厮杀、厮杀、厮杀……厮杀像席卷沙漠的风暴，那一个个王国，一群群死者，现在如同沙粒纷纷落定。他感到自己也似一颗微小的沙粒，缓慢地降落，他辽阔的记忆是无垠的沙漠。他曾像穿过沙尘的阳光，而对手，悬浮在空气中的沙尘一般一批一批地消散了。

国王的生命闪出最后一缕阳光，他开始怀疑，征服了那么多的王国，那么多的敌手，惟一增加了他的岁数和衰弱，甚至，他没料到时间最后征服了他这个国王，而且，来得那么突然。

国王召集群臣，命令他们立刻去取来他的珠宝、金币，唤来他心爱的王妃和忠诚的女仆。他再次艰难地睁

开眼时,他爱慕的财物、女人都如数地摆在他的榻前边了。帐篷里已满满当当。

国王坐起来,作个抚摸的姿势,他流泪了。他说:这些珍宝和女人丝毫没有减轻我的疼痛,丝毫不能递增我的生命,我这些年征战南北,聚敛荣贵,它们不断地在增加,可是,我多么不幸呐。

群臣、王妃纷纷安慰国王,说他是这个世界上最伟大最富有的君主。

国王出奇地清醒,他说:我知道,我知道,它们的新主人已经开始窥探它们了。

群臣发誓要效忠国王。

国王晃晃手,说:它们陪伴我一同去。他的手在空中划了一个虚空的弧线,好似圈进了它们,终于,垂下手,停止了呼吸。

于是,这场征战成了对财物、女人的征战——群臣违背了国王的遗嘱,各自联络了将军,开始了内战。邻国趁机发起了反攻,一时沙尘蔽日。各个王国又纷纷起兵,宣布独立。

厮杀、厮杀、厮杀、厮杀……像死去的王国的遗梦。一颗沙粒落定,击起了无数沙尘弥漫。

一个未来国王的梦

> 卓立即举行了效忠宣誓的仪式,那情景,似乎是梦境的模仿和重现。

这个故事的两个主角是一场政变的同谋,两人都可能当国王。故事的主体部分都处在梦境里。只是叙述起来有点儿费事。我想起先前流行在那个王国的两个和尚的故事(那是佛教鼎盛时期,后来,像沙埋的王国一样,现在,我们只能在遗迹中欣赏了),一个和尚对另一个和尚讲故事:从前有座山,山里有座庙,庙里有两个和尚在讲故事,讲的什么故事?从前有座山,山里有座庙,庙里有两个和尚在讲故事,讲的是,从前有座山,山里有座庙,庙里有……我听这个故事时,随着故事的进展,讲一次,我的头脑空间感到缩小一次,那是一个可以无限重复的故事,最后是一个点,逐渐远去的无限的点,它不会消失,而是听故事的我像是坠入故事幽深的孔眼,消失在那个故事里——那个故事之点,它像宇宙的黑洞。

惟一的区别是和尚的故事是一个无限缩小的空穴,我复述的两个同谋的故事——未来国王的故事,被梦填满了。政变得逞,中间有个短暂的空当,需要去填充。于是,这个梦中的梦中的梦便发生了。我权且称一个叫卓,

一个叫越。两人是一场政变卓越的同谋。

做梦的是卓。他用武力实现了自己的价值,可他的高傲不能容忍越享受他同样的地位。他知道越在士兵中间颇有威望,那威望已威胁着他。那是个平静的夜,潜伏着杀机的夜,他起初梦见了一群乌鸦,像沙尘一样笼罩着他,遮暗了天空。不过,他已坐在了王位,正在举行效忠宣誓,他听到众多的悦耳的宣誓,就像他曾对死在他刀下的国王的效忠宣誓一样,他在效忠宣誓里感到王权的膨胀。成者为王嘛。

卓在宣誓的面孔里寻找越。越没来。于是,他在梦里见到了越睡眠的样子,甚至,脸上洋溢着王者的尊严。他看出越的尊严威胁着他的尊严。可他不知道越究竟在做着什么梦。

超越了卓的梦满足了他的好奇。梦境可以取消角色的界限。卓以换位的方式轻易地进入了越的梦(实际上还是卓的梦),越在卓的梦里同样坐了王位,同样举行了效忠宣誓,这跟卓没甚区别。不同的是,越掌握了卓的那柄匕首,那是饮过死去的国王鲜血的匕首。

卓的梦中的越发了令:卓蔑视本王,速带他来。梦有梦的方式和奇迹,都失却了自我意识,卓是越,越是卓了,但都是卓的梦。卓站在越的面前。越要卓进行效忠宣誓,卓却当众公开了两人的阴谋,最后,说:不要以为你的威望掩盖你的卑鄙。

越掷出匕首,说:我允许你保留完整的形体,赐你自戕吧,只希望你下刀时,像你使用过这匕首那样利索。

那把卓的匕首跃跃欲试地面对着卓(充当的是越的角色),他说:这就是阴谋的罪证,我是一个同谋。不过,梦控制在他的意识里,他想起一个失误,何必进入越的梦境——越的梦里卓成了越。他战抖起来,最后的关头,他采用惊醒的方式取消了尚未执行的判决。

醒转来,他出了一身汗,枕旁边摆着那祖传的匕首。他顿时明确了他该干什么了。越在睡眠中被捆绑押送过来。

卓说:你清楚,一个王国不能有两个国王。

越说:你卑鄙,我过低地估计了你的卑鄙。

卓说:结局是迟早的事情,一个王国不能没有国王,我知道你常做梦,我倒不愿你的梦跟你的躯体一样死亡,我可以用另一种方式补偿你说出来的梦。

越说：我毕竟在梦里当了一回国王，而且，判决了你，你那把匕首实施了我的判决。越还叙述了梦中对卓的宽容，允许卓保留完整的躯体。

卓笑了，说：英雄所见略同，不愧是同谋呀，我差点死在梦里，外人不可能再知道我们的同谋和同梦了。接着，卓复述了越（卓的梦里，越是卓了）的话：我允许你保留完整的形体，赐你自戕吧，只希望你下刀时，像你使用过这匕首那样利索。

越没有战抖，他从容地在腕上深深地划了脉管，那柄罪证和刑具的匕首抹掉了他的尊严和梦想。

卓看见贪婪的匕首又一次饮了鲜血，祖辈的遗物终于凭借着他的英明实现了它的梦想。卓立即举行了效忠宣誓的仪式，那情景，似乎是梦境的模仿和重现。

海亲历了沙漠的浩瀚,终于望见了大海。他在导师所说的地方歇了脚。一块偌大的礁石,离海滩已远,可以猜测,大海在压缩。他看见缸里的龟像火苗一样兴奋地跃动。数十日,他睡了第一个踏实的觉。梦里,沙丘像海浪一样涌过来。他惊醒了。一个宁静的早晨,沙漠和大海的气息融合在一起,好像混厮搏斗。

第三辑

神奇之泉

一滴海水 一颗沙粒

> 海说：我跟随导师那么多年，只有一滴水，可怜的一滴水。

相传，有一位导师，导师有两个弟子。一个是沙，一个是海。两位弟子未曾谋面过。两人都知道对方，在导师的口中隐隐约约知道对方的存在。

这么说的时候，海还在导师的身旁。海背地里已收了几个弟子。弟子问海：世间谁最有学问？海说：你怎么提这么愚蠢的问题？当然是我了，你枉做我的弟子。

导师自知大限临近，唤来海。他指出了海的自傲。他说：你已经装不进我的话了。海清楚导师宣布辞别。导师说：我有一个弟子，叫沙，有着和你一样的聪慧，可他善于倾听善于吸纳，你可以去见见他。

海说：恩师，我怎么见他？

导师说：沙漠是海的未来，海是沙漠的过去，沙漠正在蔓延，他在大海和沙漠交接的地方。

海说：凭什么识别沙？

导师说：大海可能又是沙漠的未来，沙没有明显的标示，他就等在那里。我的房间有个玻璃缸，缸里有一条红色的鱼，它是大海的鱼，你携带着去，当鱼失踪了，沙也就找到了。

　　海知道他站立的沙漠曾是过去的海。他自诩掌握的知识像海,却漏了这一点。他告别了导师,突然有种无助的感觉。他说:导师,我将跟沙同来拜见你。

　　导师拂拂手。

　　海亲历了沙漠的浩瀚。终于望见了大海。他在导师所说的地方歇了脚。一块偌大的礁石,离海滩已远,可以猜测,大海在退缩。他看见缸里的鱼像火苗一样兴奋地跃动。数十日,他睡了第一个踏实的觉。梦里,沙丘像海浪一样涌过来。他惊醒了。一个宁静的早晨,沙漠和大海的气息融合在一起,好像混厮搏斗。

　　他惊喜地发现缸里没了红色,像褪了色一样,鱼儿不知何时不翼而飞,实在奇怪。他试图寻觅鱼儿离开的痕迹,他来到了海边,海水浸湿了他的皮靴。他想想是鱼儿引领着他接近大海。他没料到大海如此辽阔、活跃,却又深不可测。

　　他想起来此地的目的。他四下里巡视。于是,他望见昨晚歇息的那块礁石顶坐着一个人,恍惚里,倒是那人是他,而他又是谁呢?似乎沙也在找海,导师对各自授了秘嘱。

　　那人身上遮了一块绛色的布,海想起了红色的鱼。海走近前去,道了声安。对方说:我是沙。

　　海说:导师要我找你,你能告诉我点什么呢?

　　沙说:师弟(海听了这个称呼心中不悦),导师传授给我的学问你还不知,而你掌握的导师那点学问,同样我不知。

　　海说:难怪呢,我收了几个弟子,用的是同一种方式,所有的弟子,我只传授了一部分学问,决不重复,否则,他们不敬畏我了。

　　沙说:弟子还以为掌握了导师的全部学问呢,不过,我们的导师不是担心敬畏的问题,导师知道,了却一生,也难将所有的学问传授给同一个人,剩下来,靠弟子之间交流了,我是等了很久很久。

　　海自忖:我掌握了沙那部分学问,我便天下无双了。他说:我俩找个地方,向对方传达自己掌握的那一部分学问,省得再劳烦导师了。

　　沙镇静地说:不急。

这当儿,飞来一只海鸥,在他俩的头顶的空中盘旋。海说:这家伙,以为我们是它的食物呢,瞎了眼。

海鸟俯冲下来,一滴亮晶晶的海水落在海仰视的脸上,海起初以为是屎,一抹,是海水,有点咸。他很恼火。

沙笑了。海羞怒,说:笑啥?

接着,海鸟又飞来,盘旋,明显地对着沙径直俯冲,一颗浸润的沙粒,沾在沙的脸上。

这回,海乐得笑了。

沙珍惜地捏着那颗沙粒,说:你和我掌握的学问相加,只不过是海鸟口中的一滴水,一颗沙,我们的导师是大海,是沙漠。

海说:我跟随导师那么多年,只有一滴水,可怜的一滴水。

沙说:我们上路吧,我们可能聆听不到导师最后的遗言了。

他俩赶紧向沙漠腹地走。海察觉,沙漠发生了微妙的变化,绿色像水一样渗露出来,甚至出现了沼泽——海子。沙粒在风中流动,像是迎接即将成为浪花的前景。海猛地在沙脸上看见了自己的衰老。沙是海的镜子。海想:不知不觉间,又过去了那么久。他看见汗水淋漓的沙。可海干渴得难受,没有汗可出。

途中,免不了说些话。海第一次知道:导师曾是一个王国的国王,隐匿起来,成了另一个无形王国的国王。导师的寿诞,谁也说不出。说起来,也只能用"相传"了。

一撮沙粒

> 沙漠由一粒一粒沙子组成,这一小袋沙粒能代表整个沙漠吗?

国王接见了隔着沙漠的一个王国的特使,这个王国从来没有前来访问过。国王已经向其他邻国炫耀过他的富有。国王一直认为沙漠那边的王国轻视了他,而且,他感到遗憾。他曾暗地里派员打探过了那个王国,是一个贫穷落后的王国。

现在,国王获得了机会。他陪同特使参观了他的寝宫——那张金碧辉煌的床,用纯金包镶,又贴了珍贵的蓝色红色宝石。国王说:这是世间最尊贵的眠床。

可是,特使的表情平静,没有国王期待的羡慕的样子,其他王国来使看见他这张床都是大为赞叹呀。国王扫兴了,特使委婉地表露出结束来访的意思。

照例,国王得赏赐来访的使者,表示表示心意。国王说:你是贵国第一个来本国的特使,我希望你挑选一件礼物代我送你的国王。

特使说:临行前,国王交给我一封函件,他的要求全在里边。

国王想,这么一个贫穷的王国,还能有什么奢望?他

慷慨地说:我当然能满足你的国王的愿望。

打开了封口。国王看见一个小纸袋包着一撮沙子,类似宫内妃子身上的香包,那是他见过的沙子,沙漠里都是,并无异样。信封里还有一个小信封。

特使说:陛下,另一封信暂且不忙打开。

国王展开了沙袋附着的一张巴掌大的羊羔皮短笺。写着:可赠沙粒一样重量的金子。

国王笑了。仿佛笑那个想像贫乏的国王。他对特使说:我有一个异国订制的天平秤,还是第一次使用。

侍从搬来了纯金的天平秤。按照国王的指令,把砂粒倒入一端的小盘,另一端小盘,放了一块金砖,可是,盛着砂粒的小盘丝毫不动。侍从一块一块地放,那一端的小盘仍未翘起来。

宫内主管招呼了数个侍从,去金库抬来金砖数箱,一块一块地往高码,码得失却了信心。

国王说:再去搬,我就不信。

特使说:陛下,免了,可以打开另一封信了。

国王展开了信,也是一张巴掌大的羊羔皮短笺。上边写着:沙漠由一粒一粒沙子组成,这一小袋沙粒能代表整个沙漠吗?

国王想到,他几次狩猎,不过是在沙漠边缘兜了一转,却不敢深入无边无际的沙漠腹地。他在沙漠里感到了绿洲的渺小。现在,他望着散在小盘的沙粒,他第一次敬佩沙漠另一端的国王了。他决定择日亲自出访。惭愧的是,之前,他已傲慢地回绝了特使代表那位国王的邀请。

孤 独

> 惟一真实的是孤独的国王，他那凝固了的微笑，标志着一种永恒。

这个孤独的国王派出了他用语音塑造的军队。

王国里，其实惟有国王本人，他的王后、王亲、大臣，乃至王宫、花园，都是他默默之中使用语音创造、构建的。那些人、屋，完全逼真、实在。他的语音使他不再孤独，使他强大。可是，邻国察觉了他的逐渐强盛，于是，大兵压境。

国王闻讯之后，镇静地坐在语音筑造的王宫里，倒是王宫上下惊惶失措——国王创造出了他们，他们获得了人类的本性，恐惧逼近的反应。他们清楚国王手下不曾拥有军队，凭什么抵御来势凶猛的异国大军？

国王超脱了纷乱和惊慌，静坐着，他的胡子在动着，说明国王在祈祷——其实，是国王掌握的丰富的语音正在迅速地缔造王家军队。

国王默念了一个昼夜（国王创造王宫成员的时候是朗读，那些王亲大臣像诗一样闪显），同时，将军队派往前线。国王站起来的时候，脸上布满了疲倦的皱纹，好像时光一下子流逝了数年。

王宫上下仅仅是听见战马嘶鸣、铁蹄轰烈,他们便恢复了往常秩序。而且,前方很快传来捷报:敌方受挫,双方僵持着。

邻国的军队在交战中探出这是一支奇异的军队,看不出谁是将领,却那么齐整,像是有个不在场的高手在指挥——他们如同沙暴一样涌来,很有覆盖一切的气势。

敌方的谋臣看出其中的蹊跷——一个超越国境、军队的力量。谋臣说:这支军队犹如喷涌的语音,是古老的语音。

战胜这支军队,必须征服它的语音。很快,一支精干的敢死队组成了。谋臣授意敢死队躲避沿途的干扰,直达那个国王所处的地方,而且,他认定了国王的孤独。

敢死队离开战场,绕道,穿越沙漠,抵达了这个王国的核心。月亮悬在王宫上边,有着诗一般的意境,根本没有这个王国笼罩在战火阴云里的迹象。甚至,敢死队反而疑惑这宁静是一个可怕的陷阱。

敢死队潜入王室。国王静坐着。他们看见了国王的胡子在抖动。国王似乎在等候他们,说:你们终于来了。

他们惊奇地看见国王仍双目紧闭,像是睡意席卷着他,惟有胡子像风中胡杨树的柔枝一样拂动。

敢死队的头目说:陛下,你的井枯了,你抵挡不住无垠的沙漠,你这口可怜的井。

一个刀的闪亮,夜色中的鲜血呈现墨色。整个王国的源泉枯竭了,同时,他们终于实现了偷袭的目的——抹去了出自国王的语音。

这当儿,出现了奇异的现象。敢死队本来置身华丽的宫殿,可是,轻蔑嘲笑的表情凝固在国王的脸上那一刻,他们发现他们站在月光底下,脚踏着流沙。

那是可怕的自信的微笑,似乎这里原本没有王宫,不必说消失了的王室人员。像沙暴之后的沙漠。邻国的军队不战而胜,对手突然蒸发掉了。他们占领的是一片沙漠,根本没有存在过一个繁荣王国的迹象。反倒是他们慌乱了。

惟一真实的是孤独的国王,他那凝固了的微笑,标志着一种永恒。突如其来的沙暴像是他的微笑的余音。但是,国王掌握的语音已无从查考。

譬 喻

> 法师说：日月轮回，天地悠悠，一个王国不就是一个弹丸一颗沙粒吗？

国王年事已高，他回想一生出入刀光剑影，开拓了王国疆域。他却厌倦了。他开始信奉佛祖。他指令各地建造寺院，供养僧徒。他想着死后能够抵达极乐世界。

国王不愿念佛经，他没那份耐性，过惯了戎马生涯，怎能在蒲团上坐得住？他祈望着有生之年找着通往极乐世界的捷径。

国王授意工匠制造一个云梯。攻克敌方的城池，那云梯发挥过作用。无数一流的工匠云集王都，终于制作出长得可观的云梯，可是，支起来，蓝天的衬托里，云梯是那么短小。无法测出距离极乐世界有多远，何况，云梯的长度已达到了极限。

国王放弃了这个捷径，他很苦闷。群臣纷纷献计献策，以赢得国王的欢心。最后，一致认为：那么多寺院、佛殿的和尚、香客，都念佛、叩拜，无非也是前往极乐世界，那极乐之密门一定隐藏在佛堂之中——那是一扇玄妙之门。

国王增强了自信，他认为亲自弘扬佛法，大力兴建

寺庙,难道法师能不指点那个门律?

　　这天,国王身着微服出宫,仍佩带着权力象征的宝剑,宝剑未曾离开过他,大臣特意私下精心安排了盛大的佛事。这是都城最宏伟的一座寺院。佛事结束,国王布施了丰厚的功德,然后,单独拜会了德高望重的圣光法师。

　　国王直截了当地道出了来意:请问法师,极乐世界可有?

　　法师:有,也没有。

　　国王说:我想还是应该有的,有的话,可有进入极乐世界的大门呢?

　　法师一向不问寺院之外的俗事,他还不知面对的是国王。法师说:你有帝王之相,能问你是何许人?

　　国王拍拍佩剑,说:一个武士吧,我代表王国之风气。法师淡淡一笑,说:佛道、剑道,我不知哪个道恒久?

　　国王将剑拉出剑鞘,刺耳的金属响,说:偌大一个江山,靠的是这一把剑,它缔造了一个王国。

　　法师说:日月轮回,天地悠悠,一个王国不就是一个弹丸一颗沙粒吗?

　　国王说:你轻蔑宝剑的权威?

　　法师笑了,说:我佩服你,一个堂堂武士,可那剑刃留下过多少血腥,阿弥陀佛!

　　国王的自尊受挫,他手里闪出一道银色的亮光,说:我要你见识我的宝剑,你现在就坐在我的王国之中,我一挥手,可以叫你消失,像沙粒消失在沙漠之中那样。

　　法师大笑,说:陛下,我知道你就是国王,那扇大门已经出现。

　　国王还剑入鞘,惊奇四顾,说:门呢?

　　法师说:你差点儿走进地狱之门。

　　国王说:我要找的是极乐之门。

　　法师点头,说:地狱、极乐,都在同一扇门内。

　　国王恼羞,说:门呐?

　　法师说:你本身就是那扇门,钥匙藏匿在你的灵魂深处。

　　国王感到心在跳动。

征 服

> 他说：我终于征服了这个王国，但愿后人看到我的杰作便想到我吧。

沙奉父王之命率重兵征讨毗邻小国，一举攻克都城。父王又授权他镇守，接替邻国国王的王位。沙颇为满意，小小的王国，不仅物产丰富，而且，更为盛大的是它的独特建筑，均为历代留下的名胜古迹，甚为壮观。

只是，不久，沙王心情郁闷，他看到居民并没有他期待的亡国的沮丧，仍旧各行其是，最使他受不了的是居民神情保留着自豪，那是征服者的自豪，本该由沙王表现。沙王感到他并没有彻底征服这个"沙粒一样"的王国。尤其是那一幢幢雄伟的建筑显示出不可动摇的姿态，沙王时而生出卑屈和渺小的感觉。

一日，习了剑，回到宫殿，沙王挥笔签了一个偌大的字：破。他又恢复到征讨前的焦迫，仿佛是又一次征讨。

沙王率领都城驻守的兵马，如临大敌，倾巢出动，首先遭难的是寺庙、高塔、陵墓。渐渐可以发现，拆毁的程序是沿着时间这个轴线，城郭初建的一座塔首当其冲。这些建筑，如同历史的长轴，拆除是一支笔，轻易地从源头抹起，像是抹掉了久住城内的居民积淀的记忆。原先

耸立建筑的地方,迅速地夷为平地,居民的大脑相应地也拆出了空寂。居民开始骚乱,说:沙王疯了,疯了。

沙王甚是得意,他欣赏着居民的迷惘、失落。他宣称:我是真正的征服者。他布置了军队警戒,并且,派遣了无数的暗探,他传令:一旦反抗,格杀勿论。

沙王赐见了数位年事已高的代表,代表恳求他拆毁的行动应当停止:我们这座城市,之所以闻名遐迩,全仗这些遗留下来的名贵建筑。

沙王傲慢地说:我生为名城的大王,需要的是尊严和荣誉,留下名胜古迹,不足以增我声誉,倒不如破为平地,仅此壮举,我可千古留名了。

代表再次恳求:本城的名声不也是陛下的名声吗?

沙王烦躁地挥挥手,说:不破不立,立于破中,我自有宏伟的设想。

沙王命令左右,驱走年老的代表,而且说:如若再来干扰政务,本王决不手软。

整个城市徒然短了一截,腾出天空巨大的空白。沙王决计再创造崭新的历史篇章,接着,又拆毁了古老的民宅,按父王的王国的建筑统一新筑民宅。其间,居民稍有骚动,他的大军显示了震慑的力量。

沙王想让后人欣赏他的手笔,便在原先塔、寺、宫之类的空地,重新设计、建筑他认为最壮观最美丽的楼宇。他认为后人看见了这些建筑,可以认定这座城市的历史以他为始端。

沙王征集了各地的民工、材料,开始了他规划的城市格局的建设。很快,城市上空的空白又充实了。他自以为站在了历史的起点。这回,他征集和倾听了各方对那些建筑的评价和反应。他没料到占主导的竟是否定意见。

沙王再次视察分布在各地的建筑,他也看出了不足之处,毕竟仓促呀。他冷静了许多,他想:我的历史要深入民心,必须留下一流作品,否则,岂不留下了后人的耻笑?

沙王一时兴起,挥笔签了一个偌大的字:立。不过,他又命令第一步是原建原拆。他多么想建出完美的建筑呀,其实,他暗自有个目标:超过本城原有的名胜古迹,体现他征服者的形象。

他抹掉了遥远的前人的痕迹,他不再顾忌"过去",他担心的是"未来",那标志着他存在的建筑,后人是不是重蹈旧辙——否定。他授意那些设计师,增加建筑的牢固性,甚至,他计算出建筑的工时,那么,拆毁建筑承荷不起相应的工时,他欣慰地笑了,因为,"未来"的征服者拆毁他的杰作,面临的难处是:拆不起,那要耗尽一个王国的家底。

　　岁月流逝,沙王已呼吸在旦夕之间,那一座座建筑竣工了,他闻悉各地起兵前来征讨,可王国的国库已空,军饷一欠再欠。他说:我终于征服了这个王国,但愿后人看到我的杰作便想到我吧。

桃木酒杯

> 国王无可奈何地举起雕有自己尊容的酒杯，说：我不再是国王了。

　　国王即将发命出征邻国，而且，他颇为自豪，这是一支锐不可当的军队。这当儿，他派出的侦探禀报：邻国将举行一次盛大的聚会。据悉，这次聚会将使用赶制的酒杯，一种桃木凿制的酒杯，邻国国王亲自主持聚会。聚会每年举行一次。

　　国王颇为羡慕邻国的享乐风气，何况，将酒推到了极致，那是葡萄酿制的酒，最初是庆祝葡萄丰收的民间活动。他说：他们竟然不知亡国在即。

　　国王心血来潮，突然宣布推迟原定出征时间，他倒要欣赏一番邻国的聚会气氛，他不愿盛大的聚会笼罩阴影。他说：征服了他们，他也举办同样的聚会。

　　他抱着对邻国的聚会浓厚的兴趣，乔装打扮，悄悄潜入了邻国。恰巧赶上开幕仪式。整个广场弥漫着清新的酒香。客人都是邻国各地奔来的臣民，脸上洋溢着兴奋的喜悦。

　　国王混在人流里入席，坐在偏旁的一张桌子。他庆幸没有在这个时间宣战。人们的脸上看不出战争的迹象,可见邻国反应多么迟钝。

国王嗜酒,可他羡慕邻国这种弘扬酒的方式。一个葡萄酒的节日。想像那一颗颗葡萄演变成一滴滴香酒,他真想见识见识酿酒的整个过程。他和同桌自然陌生,显然,同桌的各自都陌生,是葡萄酒将他们汇集一起。

他举起了酒杯。邻国国王的致辞已毕,致辞里丝毫没有战争的影子。他想:这样的王国必亡。

不过,他欣赏起木制的酒杯了,杯外壁精雕的图案,同桌都在欣赏图案,那是他的尊容。同桌的目光不知不觉地投向他。

他内心震惊,他的相貌竟然跟杯壁的头像逼真地相符。同桌蓦然起敬,并询问他的身份、家族。他说:我为能跟那个伟大的形象长得相似而荣幸,我沾了他的荣耀。

显然,有人悄悄地禀报了国王——邻国的国王出现在他面前,举着杯,先碰了杯,相互说了祝福的话。同桌醒悟他确实身份不凡。

邻国国王微笑着说:欢迎你的光临,这场面,这气氛,你有何感受?

国王说:不虚此行,耳闻不如目睹呐。

既然来了,就不必走了。

我还有点要事,等会儿提前离席。

我陪你去周边巡视一下。

悉听尊便。

双方心领神会,国王只得随邻国国王离席。渐渐地,他发现,整个广场又是一个图案,是这个王国版图的轮廓——一颗饱满的葡萄,而广场内的一桌一桌又构成了一串葡萄。

国王说:一粒葡萄又包含了一串葡萄。

他们走出了"葡萄",身后已有几名卫士。

邻国国王说:你这么喜欢这里,我期望你终生留在这儿。

国王急了,说:不可不可。

明说了吧,你那个探子,已经归服了本王,战争不能把葡萄变成酒,只能变成血。

国王进了预先安排的房子,豪华的房子,料知脱身已难。

邻国国王说：我已知道你对本国酿制的美酒情有独钟，往后，你可尽情享受。

你怎么知道我会来？

你肯定不喜欢战火中品酒饮酒，所以，你不请自来。

难道你已盯住了我？

不，不，这个专门迎接你的酒杯，你可满意？

当然，可是，我的形象怎么出现在杯上？

你忘了你曾鞭打过的一位画家吧？你不欣赏他的画作，他流浪到了本国，我约他绘出了你的画像。

你已知道我要率兵打过来？

我不忍看到民众惊慌，今天的情景你也看到。好，现在可以品尝你盛着的本国的酒了。

国王无可奈何地举起雕有自己尊容的酒杯，说：我不再是国王了。

邻国国王说：你享受国王的待遇，只不过，你是个再不能发动战争的国王了。

中国套盒

> 国王惊醒了,他终于进入了最后一道玄门。

国王委任主帅舍统兵十万赴边关平乱。都城只留下不少的侍卫。舍率兵浩浩荡荡启程,一路腾起黄沙,遮天蔽日。当晚,国王做了一个繁琐的梦。

那是一个中国套盒式的梦,梦境里,国王梦见了主帅舍也在做梦。是在马上。据说,舍可以三天三夜不睡,可他能够在坐骑上打盹。

梦是一道一道的玄门,像王室。可是,最后那道梦关严了。国王不知舍在梦什么。舍出征,势如破竹,边关很快平息。国王召见舍的时候,舍却坦然地坐在王位上,穿着国王一样的王服。

国王忍不住瞥了自己的服装,竟是舍出征穿的那套战袍。国王一直困惑那谜一样的梦,可是,隐隐约约的预感竟是事实面对着他,何况,舍执掌着兵权。

国王仍保持着尊严,他说:你离开那天夜晚,我做了个梦,梦见你也在做梦,现在,生死已掌握在你手中,我只想弄明白:你梦见了什么?否则,我死不瞑目。

舍双臂搁在王位扶手上,国王察觉自己曾不也是那

个姿势坐着吗?舍笑得没有顾忌,很豪放,国王不也一向这么笑吗?这是国王的笑。现在,国王的笑受了压抑,他苦笑。舍说:好吧,不错,我在梦里,发现你也在做梦。

国王疑惑:我在梦什么?

舍说:我看清了你的梦,梦里,我是你,你接受了我的庆贺,我以国王的身份斟了一碗酒。

国王说:我知道了,酒里放了毒。

舍朗朗笑了,说:不愧为是国王,那么,我可以以毒攻毒了,来一碗酒。

国王接过了酒,迟疑着。

舍说:你敢不喝本王赐你的酒?

国王惊醒了,他终于进入了最后一道玄门。他的床榻前的桌面摆着一个空碗。这当儿,他听到了捷报。他还是嗅着了酒气。

不落的太阳

> 日出复日出，国王宣称天地间我们王国是永恒的王国。

国王热衷观赏太阳。他站在城头，遥望大漠的地平线，一轮旭日蓬勃升起，他心中顿时涌起昔日的青春活力。不过，太阳西斜，即将沉没西边的黄沙尽头，他想到岁月的无情，死神渐渐地逼近。

那一天的太阳在无际的运行，似乎包含着他一生的宿命，臣民像朝拜太阳一样拥戴他。他觉得太阳和国王有着某种关联。偶尔的一次弯腰，他受了启迪，他低头去观看脚下的一只蚂蚁，突出的城砖是蚂蚁的沙包。于是，他看见了夕阳，那角度，太阳是在升腾。青春融入太阳。

国王颁布了一条法令：所有人在下午6点钟开始，必须头朝下倒立着行走——太阳在当地是8点钟落山。

人们已习惯了用脚走路，现在要换成双手撑地，一时还调整不过来，臣民便不敢出门，因为，发现没按法令倒立着走，首次违纪，脸上烙字（用给马编号的烙铁），再次违纪用脚刑，穿火鞋，那是生铁铸造的鞋子。第三次则是进牢狱。

起初，一部分臣民脸上烙了耻辱的标记，其他的人胆战，下午6点，便像夜晚一样闭门不出，甚至早早躺上床。可是，国王不愿看到都城的冷清，又发布法令：太阳没有消失，一律要在户外。

街头出现了奇怪的景象，沿墙倒立着一排排的居民，他们并不走，说是在观看日出。而日落这个"落"字已成忌讳，很有国王的劫数已到的意味。一个个倚墙倒立着，像包谷秆子。

接着的一条配套法令是：必须倒立着走。都城的杂技艺人这下可红火了，他们不再巡回演艺，而是举办起倒立行走培训班。不愿烙印、不愿蹲牢的臣民纷纷报名参加培训。

不久，一批一批的学员结业，丰富了街头的繁闹。国王欣喜地看到法令已经生效。确实，正如国王宣称的那样：王国的太阳永不落，早晨，用脚站着看，太阳慢慢地升起了，下午，用手支地看，太阳仍然是慢慢地升起。

而且，手逐渐发达起来，手掌起了茧子，一种手鞋应运而生，区别在，手鞋体现了手的形状，五指可套入，原料是柔软羊皮。国王还发起了半年一度的竞技比赛，看谁用手走得快。

接着的现象是，脚增加了功能，下午6点起，原本是手的只能转化到脚的上边，脚拎着菜篮，或者牵着牛绳、举着羊鞭。名称顺应了这种转变，早晨手和脚维持着原意，而下午6点至太阳落山前（罪过，我犯了当时的忌讳）手叫脚，脚称手。

当然，早晨日出仍是日出，但太阳落山前的数个钟头，也叫日出。倒立着看，太阳不也是渐渐在升腾吗？看待世界的方式都紧扣住了太阳。甚至，出生的孩子，一旦姗姗学步，第一课，便是倒立行走。到底小孩子适应快，他很快双臂发育得特别粗壮，说法是：胳膊像太阳一样壮实。

日出复日出，国王宣称天地间我们王国是永恒的王国。可是，国王仍逃不脱死神的光临。接任的国王取消了这方面的法令。许多习惯了倒立行走的臣民陆续游走邻国，他们成了倒立的祖先，现在，仅能在舞台偶尔开个眼界了。

真 实

> 国王看见了远处一抹水亮,染上了阳光的玫瑰色彩。

国王率领狩猎队追逐狼群,猛地,国王察觉已经又到沙漠腹地。狼群消失了,像沙漠的蜃景那样,国王置身无边无垠的沙漠。沙丘如同凝固的巨浪。

国王口干舌燥,已有几头骆驼喘着粗气倒地,口中吐着白沫。国王脑子里浮现出水,他说:水。他的嘴唇像久旱的田地。他的骆驼突然受了惊,旋风一样不安地打转,他落在沙地上。骆驼是嗅着水气还是血腥?

骆驼弃他而去,风似的狂奔。国王指着骆驼的踪影,喃喃地念:水。

男仆骑着最后一头骆驼撵上去了。他说:沿途,口渴不断制造出幻觉,沙漠把我弄糊涂了。后来,男仆陈述了他目睹的故事。国王说:你不过看见的是结局吧?男仆说整个故事都呈现出来了。男仆追逐着奔逃的骆驼的足迹,知道它驻足的地方是他们的渴望。太阳西斜,男仆看到了一片水域,镜子一般。男仆以为是幻景。可是,他望见一群狼冲着湖水在嚎叫。

男仆借助足迹看出一个悲惨又壮烈的场景。狼群围住了骆驼。骆驼像是旋转的圆轴,狼群骚乱、贪婪地奔走,缩小着这个圆,接着,成了一个半圆,骆驼背后是明净的湖水。

饿狼凶猛地扑冲着,白色的狼牙在阳光里闪着寒光。浅滩的水不断溅起一批一批水花。男仆对国王说:陛下,你的坐骑是个英雄。

狼群的利爪凶齿可以撕碎一个肉体,可是,它们失望了。骆驼一跃,回头,投入了湖水,那是深不可测的湖,湖水发绿。

男仆说:狼群害怕水,陛下的坐骑投入了湖的怀抱,它慢慢地沉下去。

国王说:它替我们找到了希望。

当晚,露宿的营地周围一片晃动的绿蓝。国王开了枪,显然,他凭着哀号断定击中了。绿点在移动着形状,那个击中了的狼成了圆心——狼在撕食死去的同伴。国王命令点燃了篝火,红柳枝根在烈焰中发出"咻溜"、"哗剥"的声响。绿点像水一样融释在夜色的沙漠里。

太阳升起的时候,国王发现营地不远的几副骨架,是狼的骨架。国王听见了歌吟,是忠实的男仆唱起一支民歌,曲调柔缓而又伤感。国王想着他那向湖中深处一跃的骆驼。

国王看见了远处一抹水亮,染上了阳光的玫瑰色彩。国王一行前往那个湖。湖岸,一群羚羊在轻盈地奔跑,又停住,注视着他们。国王接近它们时,它们又像弹簧一样齐奔,仿佛本来是扬起的沙粒一样消失在沙漠里。

湖水包含着靠不住的平静,平静地取消了一头骆驼的悲壮的故事。国王说:狼群最后还是失望了,我的坐骑一向不会让我失望。

国王畅饮了水。后来,他说平生没有喝过那么清甜的水。而且,湖水洗去了他的沙尘和疲惫。他发现湖滩有无数条交叉的小径,羚羊、野兔、野驴踏出的路,都不重合,只有狼的足印毫无规则。它们大概都避开相遇的时间,各自走出自己的路,共同的目标是湖。国王凝视着他的足迹,想到自己是个闯入者。追逐狼群的时候,他忘掉了一切。难道我身上也有狼的影子?他想。是我葬送了珍贵的骆驼。

国王返回王宫,连续数月的噩梦,是狼群在逼围他,他不愿被狼群撕碎,他无处可逃,便纵身跃入湖中。梦里,他是骆驼。他甚至呼喊。岸上无数繁星一般的绿色的狼眼,失意地望着他,他不再恐惧了。

醒来,他决定雕一尊骆驼的塑像。塑像竣工了。却再也寻不着那个湖,仿佛它本来就不存在,惟有骆驼的塑像真实地保留下来,还有萦绕在国王记忆中的骆驼勇敢的一跃,还有缓解了口渴的湖水(自那以后,他受着口渴的折磨,仿佛王宫是沙漠中的蜃景),还有,国王失却了狩猎的兴致,还有失宠了的陪猎者。最后,时间的长河里,沙埋了骆驼的塑像,凭着雕饰,可以揣猜它的主人。

两个王国

> 人们可以看见一个疯疯癫癫的人白天黑夜不停地走着,他在寻觅。

宗王驾崩,遗嘱里写道立明暗两位王子继位,宗王生前有个规矩,5年接见大臣一次。所以宫廷大臣只有元老见过几回宗王。宗王在遗嘱里明确:继位者10年方能面见一次大臣。

众位大臣已习惯了宗王的执政方式。宗王说过:如果臣民都见过我,我就不会受到敬畏,威信只有通过神秘和傲慢来维护。宗王的旧臣聚集商议,一致决定拥立明暗两位王子共同执政。

只是,大臣们仅见过明王子,至于暗王子,私下猜疑是宗王爱妃的儿子,或是王母的双胞胎。宗王的孩子在王宫里,自小已开始按照宗王的习惯生活了。甚至,大臣说不出王子的面目特征。

据一位老臣说:宗王一旦出朝,那一定有谁面临杀身之祸了。大臣倒是担心宗王的接见。平时,宗王都是派一位哑巴传手谕。于是,大臣只是遵照先王的遗言上书,明王执掌白天的政事,暗王执掌夜里的政事。

宫内大臣相应地分作两拨,分别效忠两位大王交办的事务。一座都城，便有了两位都城长官，以日出日落为分界（那是两个王国的疆域界线）。那时，计时还用沙漏器。都城外的沙漠像是堆积着永恒的时间。

连兵卒都分成两拨，夜里的一拨穿黑装，白天的一拨穿白装。一个国家，共存着两个世界，都相安无事。据史书的《沙国纪事》记载：两个国王可盖一条毯子，两个国王共拥一个王国。我起初认为：毯子是两个国王的媒介，甚至，生活在白天和生活在夜晚的人们共拥着同一套物件。我叙述的一对夫妻的故事共同拥有一个店铺。而不同色彩的时间创造出了两个世界。

都城出现了奇怪的事情，本来和和睦睦的一对夫妻离了婚，是女方出走。这对夫妻开了一爿小吃店，本来只是白天经营，至多，太阳落下两个时辰，便打了烊。可是，两个国王共同执政，料不到夜晚的生意忙乎起来，丈夫主动提出夜里掌管店，妻子白天。渐渐地，夫妻不再同床共枕，而且，丈夫的视觉发生了变化，按妻子的说法是，他的眼睛发绿光。

据丈夫自称，夜间，他的视觉特别敏锐，没有灯光，照样能清晰地看见暗处走动的老鼠。妻子说：一双猫头鹰的眼睛，看了可怕。天一亮，他什么也看不清了，如同盲人。而且，妻子害怕夜晚的黑色，她总担心夜色里撞出怪兽。天一黑，她就要睡，无法抵抗。她完全按照明王的规定作息了。于是，她和店里一个跑堂的小伙子出走了。

丈夫感叹：到底不是生活在一个世界里呀。两个国王贴出的告示，使用的语音，不妨举一例。暗王指的白天，实际是夜晚；倒是明王沿用了一贯的语音，可是，明王似乎在词汇里取消了夜晚，以及关于夜相应的一系列词汇，好像夜晚已不存在，阳光照耀的白天是一个独立的世界。而睡眠，是白天的倒映。甚至，明王麾下的一个学究撰文证明"繁星闪烁的白天"里生活的人们是我们的影子，另一种说法是"我们灵魂在飞翔"。

史书里没有记载那位丈夫的姓名（他不可能进入史册，不过，他在历史里）。他的妻子离开后，渐渐地，最初的诅咒转化成执著的追恋，好像他失却了一个世界。他打不起精神，开始借酒消愁。甚至，他的眼里，一件东西一个人形，都是重叠的两个。恍恍惚惚地，好像自己是个影子。

有一回,春天刮风,吹得窗户"咣当、咣当"响,梦中,他以为妻子回来了——推门。狂风携带着沙子,搅拌着世界,他看见门口的街上躺着许多人,还有士兵,他以为发生了战祸。

沙子弥漫着,遮蔽了阳光,他不知道还是正午,昏天黑地刺激了他的睡意,他打算上街购些肉呀菜呀,顾客快来了。半道儿,风歇息了,沙落定了,太阳露面了,针刺一般,浑身疼痛,他眼前一派昏茫茫。而且,睡意袭来——阳光像是催眠剂,他习惯了,何况,他的店里,夜晚不掌灯。

再醒过来,他已在衙门。他是个闯入者——不得随意出现在阳光的白天。在夜幕降临的时候,浑身疼痛——那是棍杖击打的反应。他决计改变生活习惯,他开始掌灯,关闭窗户点亮了妻子遗留下来的油灯。亮光是一层厚厚的纱缦,而且,灯光像安慰他入睡。

过了半年,他慢慢地适应了灯光,甚至,数次摇开门,接受阳光的煎熬,直到他在夜里看不清室内的东西,只能听见老鼠走窜的声响。他终于走进了另一个世界——其实,是他夜晚所见的同一个世界,仅仅是阳光塑出不同的视觉效果。

他在大街小巷里走着,寻找那张熟悉的脸,他没有找着,或许,他碰见过,不过,阳光和夜色里同一张脸可能各异。光线是多么神奇地塑造着人类呀。

第九个年头,国王驾崩了。举行葬礼,臣民终于一睹了国王的尊容——原来,是同一个人,只有一个国王。这位国王采用了日记体撰写的回忆录里,记载了他对另一个他的揣想,以至另一个他简直真实地存在着,而且,摘记着白天黑夜两套御旨。

都城又恢复了过去的习惯,日出而作,日落而息。人们可以看见一个疯疯癫癫的人白天黑夜不停地走着,他在寻觅。人们说他是惟一的一位在白天黑夜都能看清事物的人,他穿梭在两个世界里。索性说,他在梦游。人们听不懂他在呼喊什么,反正他不停地在呼喊,嗓子沙哑了,他还在呼唤。

神奇之泉

> 他说：泉水和我一样，只忠于一个主子，泉水的主子是大地。

我听过无数个口头版本的神奇之泉的故事——关于绿洲和沙漠的故事，绿洲和沙漠在漫长岁月里不停转换，现在的沙漠可能是过去的绿洲，过去的沙漠可能是现在的绿洲。绿洲和沙漠能发出不同的声音。我在斯文·赫定的探险生涯传记里看到惟一一个文字记载的版本，也是一种传说，主人公是诗人克曼。我还是倾向主人公是国王。我的记录细节可能文学化了。

国王泉自知劫数已到。弥留之际，召来已亲政的年轻王子沙。泉贴着沙的耳朵，断断续续地说了泉的来历。

国王泉笑着叙说了王宫内外无数人寻觅的神奇之泉，实际已装在他的床头三个瓶内，确实存在过传说中的神奇之泉，许多臣民寻觅神奇之泉，付出了一生的时间，寻觅、研究神奇之泉已形成了一个行业、一门学问，有关考证、探讨的书籍汗牛充栋。

国王泉示意儿王取出枕底一个匣子里的三个小瓶，说：我遗留给你的疆域都是暂时的，这些年，或大或小，可是，王权是永恒的，它依靠盛在三个小瓶里的泉水，你

是我惟一靠得住的人了。

沙掩饰住喜悦,因为,他曾瞒着父王差遣一批人马寻觅过神奇之泉。他说:父王,江山永远在你浩荡的王权支配之内。

国王泉流露出慈爱之情,他终于说出了三瓶神奇之泉的使用方法:你把第一瓶泉水滴在死者的身上,死者的灵魂就返回躯体,你把第二瓶泉水滴在死者的身上,死者就要端坐起来,你把第三瓶泉水滴在端坐起来的死者身上,他便彻底地复活了。

国王泉无力地手指着自己的身体,那是暗示,接着呼出了生命最后的一口气息。沙收藏起三瓶神泉,立即发丧。国王驾崩,举国上下进入了隆重的仪式。沙登基了。

沙登基那年,立即委任贴身护卫担任侍卫将军。转眼30个春秋,国内纷报沙漠蚕食着绿洲,那是势不可挡的"军队",由一粒一粒沙子组成。沙的幻觉中,闪出他培植的军队,反戈一击冲着他来了。

沙征战边关,抵御了无数外夷的侵扰,可面对沙漠的进犯,无能为力。他想到父王泉赐他的封号——沙。这是宿命。沙子无声无息地威逼着他的王权。他感到衰老了,站在死亡阴影笼罩的门槛的当儿,他唤来了侍卫将军。

沙赞赏了将军忠心耿耿跟随他这么多年,辅佐了两代国王——当初是国王泉的仆人。沙揣度王子漠已窥视着他的王位,他不愿漠看见他的衰竭。他让将军替他浴身。

沙重复了国王泉的话,怎么使用三瓶神泉。随即,他身不由己地停止了呼吸,只是,他的双眼没有合拢,保持着威严凝神的样子,仿佛他期待着即刻步入另一番天地。侍卫将军滴了第一瓶和第二瓶泉水,沙坐了起来。他的白发枯树一般泛出墨色的生机。

将军捏着第三个瓶子,似乎犹豫了。沙坐着,厉声道:再洗呐,再洗呐。将军说:尊敬的陛下,我奉国王泉的口御,只让你坐着,我只忠于一个主子。

不过,将军还是惊慌了,他没料到尸体能发出那么粗暴的声音。他本来打算留下第三瓶,可是,毕竟乱了手脚,竟一时失手了,瓶子落在花岗石地板上,清脆地碎裂开来。

顿时，奇迹出现了。落下瓶子的地方，涌起了泉水，又漫延开去。泉水所到之处，久渴的地面纷纷长出了绿色——草呀、花呀、树呀，好像企盼已久。干涸的河床又注入了流水，两岸泛绿，泉水复活了大地。

沙坐在床上，眼睁睁地望着泉水不息地流淌，他的喉咙已嘶哑，他仍在喊：再洗呀，再洗呀。

后来，人们还能听到沙的喊声。可是，泉水的神奇只在大地上显示。将军被沙的儿子秘密处决了，临刑前，他说：泉水和我一样，只忠于一个主子，泉水的主子是大地。

现在，只有在绿洲外围的沙漠，还可以听见沙的喊叫：再洗呐，再洗呐。那是沙漠的呼唤。据说，国王沙的躯体分化为了沙子，泉水对它不起作用。时间改变着又隐藏着事和物，留下的只是恐惧或敬畏。人们不愿轻易接近沙漠——它贪婪地吸吮着可能出现的物体的水分，无奈，他是永恒的沙漠。还有他的王子漠，岁月让他们的躯体变成了沙漠——发出声音的沙子，听起来像悦耳的音乐。

永 恒

> 那三份遗嘱仅仅留下了残片，而那一切都来自永恒的沙漠。

国王口授了遗嘱，拖带了一句话：我的荣誉如同永恒的沙漠。第二天，国王驾崩。

王宫举行了隆重的葬仪，之后，国王生前一位亲近的元老大臣宣读了国王的遗嘱——有三份。

第一份遗嘱确定乌为王位继承人。乌是国王的养子，国王生前言谈中许多笑料来自乌，乌的性格蛮横、残忍，曾引起王宫大臣的非议，却碍于国王的脸面都睁一只眼闭一只眼，现在，乌坐了王位，众臣大失所望，于是摇头、叹息，但没有勇气提出异议，那是立过赫赫战功的国王的遗嘱呀。

第二份遗嘱，实际是一篇措辞优美的祝愿，其中，提到了乌的衣着、品行和习性，都是群臣目睹过的乌的形象，甚至有损王国的尊容和言行，不过，国王则换了一个角度，对大臣眼中的缺陷作了温和的辩护。不过，不难听出弦外之音，国王流露出恨铁不成钢的责难。可是，群臣难以理解国王怎的推选这么一个"浪子"为王？

第三份遗嘱罗列了国王创造的实力的清单，包括军队的人数，国库现存税收的金额，还有疆域的面积(国王的思维是那么清晰、明智)。那是一个沙漠中最强之国的标志。国王附带说明了一条，就是治理现有的疆土，不再允许拓广。

乌从未在这样正规的场合亮过相，况且，一夜之间坐上了国王的宝座。他说:感谢先王的恩宠，深感治理王国是一样多么需要劳心劳力、多么需要吉兆运气的事情，只有先王的智慧，才能承担了这样一副沉重而神圣的担子，我现在的荣誉和今后的荣誉都属于先王，先王的荣誉如同永恒的沙漠！

接下来，乌的话便晦涩难懂了。大臣们察觉乌的性格不可捉摸，或许，正是不可捉摸的那一面使乌获得了先王的青睐。面对年轻的国王，大臣蓦然发现自己老了。

乌宣布了继位后的第一件大事，建造一座神殿，神殿中塑立先王的尊像，他号召国人奉祀膜拜先王。精选各地祭司、僧侣定居神殿。大臣疑惑，斗胆提出国教的位置怎么摆。乌挥手说:先王就是沙漠之国的神。接着，乌说明了这是国王生前的遗愿。乌取出一张纸，声称是先王的话:相信乌继王位能够光大我的荣誉。

过不久，神殿奠基不久，王国内乱，起因是流传先王恩宠的乌，不是出于王国的利益，而是个人的虚荣的膨胀，先王选中乌，是选中了乌的缺陷——蛮横、愚昧，那样，先王的荣誉可以增强。流言淹没不了先王的荣誉。而乌成了各种旗号揭竿宣战的借口，都为荣誉而战。各自都呼喊着国王那句"我的荣誉如同永恒的沙漠"，相信能够赢得胜利。

确实，臣民抱着对先王的缅怀和崇敬发起了这场内乱。乌的存在就是玷污先王的荣誉。战争的结果是邻国乘虚而入。战火中，神殿毁坍，沙漠渐渐淹没了它。

数百年后，它又露出残骸——可以揣想建造时宏伟的规模。那一尊神像在佛像中找不出相应的原型，塑像内胎是他的尸体，风干了的尸体甚至还有肌肉的罕见的弹性。据化验，他口中留有毒素(一种沙漠地带剧毒的植物提炼的毒药)，难道是命短的乌王阴谋中的一环？

那个一度强盛的王国，已淹没在沙中。战争不过是表象。国王的遗言是不是一个预告？他终于保持了荣誉。那三份遗嘱仅仅留下了残片，而那一切都来自永恒的沙漠。

隐蔽的部分

> 国王顿时发现,扇面的圆弧腾起了沙尘,像是一把点燃了的折扇。

　　国王率领残部仓皇地奔逃。他料不到溃败得这么惨。背后,远远地扬起沙尘,像浪一样卷过来,那是另一个王国追踪他的军队。他策马疾驰,不知过了多久,他发现孤零零地只剩两个侍卫。残部如同一件一件随身携带的物品,不知啥时失散了。

　　国王终于可以舒一口气了,背后的沙尘已经沉淀下去,标志着追兵已放弃了跟踪。他的马已经浑身出了血汗,这是他熟悉的汗血马。血一样的汗染红了他的战袍。马已经一个昼夜没有停蹄了,倒是敌军的马经受不住这样的疾奔。

　　侍卫眼尖,发现前边的沙梁有两骑,阳光反映出对方携带的刀剑。侍卫说:只有两个,我们是三个。

　　两个骑士居高临下遥对着他们。国王说:他们看见了我们,我们也看见了他们。

　　另一个侍卫说:看样子他们不在乎我们。

　　国王说:战争还没波及到这里,我们已进入了第三个王国的土地了。

一个侍卫说：我们的马已经跑不动了。

另一个侍卫说：那两个怎是我们的对手？

国王看看坐骑，说：是该换马了，敌人感兴趣的是我，他们还会追上来。

沙梁的两个坐骑还在观望他们三人，显然，没有敌意没有防备。可是，国王说：你们去左右两个沙丘上观察，有没有其他人，我们确实需要给养了。

两个侍卫分散，登上了两个沙梁。那两个坐骑仍旧塑像般地伫立着。国王望见了两个侍卫的手势，他拔出剑，阳光立即在剑身上闪烁着兴奋的银光。

三个形成一个扇形，前去那个圆心，像三支出弦的箭。那两个坐骑终于有了反应，调转马首，立即消失在沙梁的背后。

三人登上沙梁，整个地重现了先前的格局，只不过，那两个坐骑换成了他们三人的角度，方向相反罢了。原先两人是背阳，现在三人朝阳。

国王和两位侍卫挨得很近，是一个扇面的圆心。国王居中。国王顿时发现，扇面的圆弧腾起了沙尘，像是一把点燃了的折扇。沙尘如同风暴那样扑卷过来。他甚至能感受到预先赶来的气浪。

阳光刺着他们的眼睛。国王说：回头，中了埋伏。可是，奔跑了一个昼夜的马的速度怎能超过刚刚起步的马。沙尘的距离已逼近。最后，终于淹没了国王和两个侍卫。

弥漫的沙尘显露的是第三个国王和军队。国王丢掉了剑——剑一头插进了沙子里，露出剑柄，好似一个人隐入了沼泽。

国王觉得这个第三国国王跟他想像的模样相差无几，他是根据探子的描述构想出这个国王的形象，而且，他已替这个国王设想了去处——放逐无垠的沙漠腹地，那是逃不出的无墙的监狱。可是，现在，他倒镇定下来。

这个国王说：你知道吗？你解救了我们这个王国的危机。

国王说：落在你的手里，算你幸运。

这个国王说：你不去征战他们，他们已垂涎我这个王国了。

国王说：早知如此，我迟一步发兵。

这个国王说：我知道，你吃碗里的，想锅里的，可你没料到那碗饭那么难咽。

国王说：你在这里等我自投罗网？

这个国王说：我想，你应当胜，而逃的是那个国王，我是想去掉那个心头之患。

国王说：你用了两个诱饵。

这个国王说：你小视了暴露在外的骑者和少数了，那两个骑士背后是一个完整的王国。这一点，你没考虑吧？

国王说：你将怎样对待我，我期望尽早看到结局。

这个国王说：你仅剩三人，还有杀性，我本想放过你们，现在，我只好套用你的美妙的设想了，只不过，你代替了我。

国王惊呆了，说：你怎么知道我脑袋装着的东西？

这个国王说：我梦见了我的结局，只不过由你换了我，你最早看中的两个坐骑，将会送你去沙漠腹地，到那时，你的两个侍卫仍跟随你，惟一的遗憾是，我不再提供坐骑了。

国王第一次去想浩瀚的沙漠，他想像不出它的边际，他想着绿洲，可他不得不去隐蔽在他的脑袋里的沙漠。他突然大笑起来。

一个国王的战争

> 永恒的是沙漠,那是时间的沙粒。

历史呈现的表象如同沙漠。能想像出风化出沙漠前的岩石,岩石构成的山脉吗?还有蕴藏在沙漠深处由植物变成的石油。整个一场灾难的起因却遮蔽在历史的深处。

这个王国的一场内乱的起因已难以考证。它呈现在我们面前的仅是文字组成的兵乱。记载的文字和激战的兵士都像沙漠中的沙粒。兵乱不是来自两个敌对王国的阵营,而是同一阵营的士兵,"白天同吃,夜间同宿"的兵士,史书里的记载。他们突然分成了两派,挥举起同样的矛剑,杀向对方。

如同一股强劲的风暴,掀起整个沙漠。双方厮杀得昏天黑地,和沙丘一样弥漫着王国的土地。文字记载着"到处是惨叫,到处是流血,惨不忍睹",甚至出现,本是共同攻击另一方的士兵,却自相残杀起来,形成了两派之一派中的两派,都杀得红眼,杀得兴奋。

士兵的将领没去制止这种杀戮,将领们已无法控制局面了,"让他们放手厮杀吧,让他们尽情报复吧",这句子本

身就隐匿着杀机。我没看见将领去制止,将领本身已丧失了制止的权威。

庞大的士兵群体仿佛被无声的命令无声的挥手发动起来,而又独立地运行着,类似风暴扬起的沙尘,它们搅在一起。或许,这个厮杀唤醒了他们的欲望和兴致,迅速地达到了疯狂的程度。

终于有了国王的反应,他"担心地淌下了泪水"。这里摘录了国王的原话(我怀疑是史家的杜撰),"国王痛惜地说:这可不是解决问题的方式,这是灾难呀。"我猜摸国王本意是指抛开将领,利用士兵的能量解决他的心头隐患。国王想解决什么?没有记载。

国王下令埋葬所有死去的士兵的尸体,清除所有流下鲜血的痕迹。国王大概看到了出乎想像的士气,空前高涨的士兵的情绪。国王决定对邻国宣战,展开另一场真正意义上的阵营对垒。他鼓动士兵们为自己的疯狂行为赎罪,只有使自己邪恶的胸膛荣耀地流血,死去的同伴的英灵方能获得慰藉。

国王顺势引导了士兵激奋的情绪,组成了十五万大军,号称二十万,还有五万峰骆驼三万匹坐骑,号称十万坐骑,浩浩荡荡地出征了。又一场厮杀凝聚了士兵的心。

邻国确实放弃了戒备,以为侵犯他们的士兵正在火热地在本国地盘里相互残杀呢。而潮涌的士兵在厮杀中解脱耻辱,洗刷了污点,似乎可以告慰同伴的在天之灵了。

这次远征,一下子把相邻的另外两个王国也引入了战争——及时作出应对,组织起军队,在一个预料的必经通道埋伏下来。

国王率领的士兵已被胜利激起了又一轮情绪——无敌的军队。不过,后续的粮草已跟不上来,他们只得攻战前边一座有名的都城来补给已断缺的粮草,那便遭遇了邻国的伏兵。

顿时,国王的军队溃不成军。他侥幸脱身。我估计跟随他的有一位史家,记载了仅有的一句国王感叹:这也不是化解士兵情绪的方式,这是自杀呀。

永恒的是沙漠,那是时间的沙粒。国王的结局不值得考究。我在揣测,那场国王的兵乱,转而发泄成国外的兵乱,整个事件的起因,是不是国王一个阴暗的心灵念头?最终,他什么也未能控制。我只想,一场巨大的灾难的起因往往是一个微小的细节,我们常常忽视了却也难以找出这个微妙的细节。

失 眼

> 国王讥嘲地瞥了我一眼,说:两千五百两,两千五百两呀,你失眼了,我曾经那么相信你。

珠宝商吐鲁木带来了一颗钻石,奇大,有 40 克拉。吐鲁木打算卖给国王。他知道收藏钻石是国王的癖好,但是,国王鉴赏钻石的眼光仅仅是一般的水平。

吐鲁木削去钻石本来的尖头,主要是迎合国王的眼光。国王期望钻石闪出纯洁的光泽,尖头削掉了,钻石便闪烁出迷人的光彩。我说:这块钻石还是保留尖头为好。

吐鲁木说:国王喜欢这样。

我可能过分板直,我说:你不该投合国王的胃口而改变了钻石的本色。

吐鲁木表示一定要赢得国王买了他的钻石这份荣誉,这关系着他做更大的生意。他说:你是王宫的金匠,国王宠信你,我相信,国王一定会征求你的看法,你帮个忙,我拜托你,尽可能地赞美它。

我说:我只能根据自己的判断来表态,我的职业决定了我对那颗钻石不抱任何个人偏见。

吐鲁木说:你的表态有权威,你将得到与你的赞美相应的报酬,不过,我告诉你,国王已看中了那颗钻石,

我打算以一千五百两黄金的价出手。

我不过凭着吐鲁木描述的钻石的样子来想像，因为他没让我亲眼鉴定，说是仓促来拜访，那么贵重的钻石恐怕遗失了。

过了两天，国王来金匠作坊视察。国王隔三差五会来光顾。国王拿出一颗钻石，凭着它的形状，我一眼认定了是吐鲁木描述的那颗钻石。描述和实物毕竟存在着明显差异。说实话，钻石的水色不如吐鲁木描述的那么好，只不过削切了的尖头抵消了或说遮蔽住了它内里的不足。我心里不愿让国王买下它。

我清楚国王的脾气，一旦认定一样事儿，其他的建议进不了他的耳朵。可是，国王的态度十分诚恳。我一时语塞，不知道国王期望我说什么。

我恭敬地问：陛下，您可买下了？

国王说：已谈定了，我想听听你的见解。

我不想避开我对这颗钻石的真实的想法。国王是想听取我对它的赞赏，还是对它的鉴别？王宫金匠的性命常常系在一根头发丝上呀，幸亏国王现在的情绪如同灿烂的阳光。

国王爱不释手地把玩着那颗钻石，甚至流露出没有我在场一样陶醉的情绪。他说：你看看这颗钻石的边缘有多么美妙。

我没有勇气立刻指出那是尖头被削切后造成的效果。我说：内在的水色还没达到最佳的成色。我差点分析它的透明度和光泽度的现状了。我发现国王的表情显出了奇怪的不悦。

国王说：你还是估一估它的价值吧。

吐鲁木已对我说过，我揣度国王买下至多不超过一千三百两的价格。珠宝商估价有个蹊跷，出手前和出手后的估价是两码子事。我担心我的话在国王的晴空布上了阴云。

我说：陛下，您大概付了一千八百两吧？

国王"啊"地叫出了声，拉下脸，说：你简直混饭吃，我发现你对钻石一窍不通。

我说：陛下，我对得起我的手艺，陛下，我斗胆说一句，您可能注重维护这颗钻石的身价，而我则琢磨的是它的实在面目。

国王说：不管怎样，你失了眼儿，你贬低了它。

我说:陛下,能告诉我,您付了多少黄金吗?这样,我可能从陛下的角度来看它了。

国王讥嘲地瞥了我一眼,说:两千五百两,两千五百两呀,你失眼了,我曾经那么相信你。

我还能说什么?还能怎么说?显然,吐鲁木轻易地骗取了来自国王的赞誉,而且耍弄了国王,国王却蒙在鼓里。国王只不过期待我对国王的观念加以行家的诠释罢了。我不得不离开王宫金匠作坊,而且,我拒绝了吐鲁木的佣金。吐鲁木竟然掌管了金匠作坊。

映 像

> 国王的身子轻盈起来，犹如一个倒掉了水的皮袋，表面也似鞣制得很差的皮货，开始起毛了。

晚年，国王遗憾后继无人，王后和贵妃不曾生一个儿子。可他日日都盼望着有一个儿子，甚至，他能够活灵活现地想像儿子的模样，一次一次重复都相差无几，当然像他一样。他还时不时对王后描述。谁敢点穿他描述的虚假呢？大概是他过于执著和渴望，他的儿子现形了，而且，跳跃了人生必需的童年、幼年时期，一出现就是一个青年。完全吻合他朝思暮想的形象，是他的想像的混沌转为现实的实体。仿佛王子早已生活在他的身边，只是一直躲藏着，到了该露面的时间了。国王欣慰的是王子英俊、魁伟、聪颖。

国王宣布退位。年轻的王子坐上了父亲的王位。大臣们期望年轻的国王有所动作，可是，年轻的国王仍然保持父王施政的方式，甚至，一举一动都是父王的翻版。退居赋闲的父王甚喜，说：我可以放开让他施展王权了。

王后和贵妃都不能左右年轻的国王，她们深知年轻的国王没有在她们任何一个中痛苦而又幸福地出生过，同时，她们自卑，因为，一生的委屈不能通过没有携带血缘关系的年轻国王来伸张。甚至,她们嫉妒年轻的国王是一个隐匿的女子的孩儿。

年轻的国王处理朝政事务的方式和结论,不用大臣传告,悉数都在父王的预料之中,父王自豪江山代代相传。而且,父王轻易地驳回大臣的谗言,这一点,令曾是父王的宠臣暗自惊异。大臣无非是想改变什么,他们抱了过高的期望。父王说:我知道你们年轻的国王永远英明。

大臣便赞颂年迈的国王英明。却也没有迹象表明年轻的国王事事禀报、请教父王呀。大臣安插了亲信在年轻的国王左右。惟一的发现是,年轻的国王连饮食之类的日常生活习惯都惊人地相仿父王。难道真的是父王一个完美的想像?

众臣不敢轻举妄动,相信时间能够改变这种格局,何况,父王已显出体衰的迹象,大臣相互交流,难道是年轻的国王屈于父王的笼罩,等待"华盖"的消失,真正独立执政?眼下,父王还保留着相当的权威,众臣遵从辅佐年轻的国王,无非是父王的威望吧。

年轻的国王严格地把握在父王框定的范围内执政——父王并没有要求,但是,父王在位时的规矩丝毫不偏地运转着,好像仅仅换了年轻的国王这个手按程序机械地操作。不过,偶尔,大臣看年轻的国王身影有点朦胧,像罩了或隔着一团浓云,或是蒙了水汽的镜子。大臣开始担忧,是凶兆,还是吉兆?

父王卧床不起了。他握住年轻的国王柔嫩的手,像是在深湖里抓住了一根木头。他说:孩儿,我担心我不能陪伴你了,你将怎样?

年轻的国王说:父王,我不是很好吗?

父王说:你是我生,你没出生那些年,我心里空寂着,我不在了,你将怎样?

国王说:父王放心。

父王说:一场梦,我感到自己也是个镜子里的影子,我在你身上看见了我雄心勃勃的过去。

国王的身子轻盈起来,犹如一个倒掉了水的皮袋,表面也似鞣制得很差的皮货,开始起毛了。

父王的气息微弱了。他牢牢地抓住国王的手,流出了老泪,说:我不

在,你能在？儿呀,你只不过是我的映像,可我多么的爱着你,可是,我们都是这个王国的映像。

国王还想安慰父王,可声音已变调了——一个实体在消散前发出了最后的声音,说:父王,我,是,多,么,爱——你。

那声音仿佛是惟一可靠的实体。但是,国王的声音在室内飘浮、回荡,带点绝望的挣扎味道。大臣闻声赶来,父王已停止了呼吸。而国王连踪影也没留下,只剩下国王的余音,渐渐地弱去,一次比一次弱。最后,归于可怕的静寂,像干燥的沙漠收进了飞落的雨滴,响起的只是王后贵妃的哭泣。

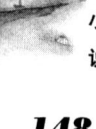

盖 棺

> 他说:"这位过去监禁人的人现在终于被监禁了,你们还有什么顾虑?"

　　国王驾崩了。精心净洗了国王的遗体之后,又涂上了防腐香料,再殓入了一个镶嵌着宝石的金棺。主持葬礼的是继位的年轻国王。众臣都知道王位的更替包含着含蓄而宁静的阴谋。年轻的国王想否定先王的功绩,而且,他早已流露了他的态度。

　　年轻的国王说:"各位大臣,你们跟随先王多年,现在,你们可以讲一句告慰他的话了。"众臣习惯了沉默和顺从。年轻的国王走近先王的遗体,命令盖上棺,他把手按在棺柩上边,那样子,像是征服。他说:"这位过去监禁人的人现在终于被监禁了,你们还有什么顾虑?"

　　年轻的国王定了话语的基调。第一位大臣站出来,说:"这位一生收敛黄金的人现在还是被关进了黄金之中。"

　　第二位大臣说:"这具遗体可能不再受人注目,可是,多少人对盛装他的棺材感兴趣呐。"

　　第三位大臣紧接着说:"他曾是一个强者,现在却是一个弱者。"

国王的遗体像是灵感的闪显。第四位大臣抢着说："过去,那些不满的人背地里也胆怯声张,现在,站在你面前也不再畏惧了。"

第五位大臣说："你曾为你的永恒调动了举国的财力物力,现在,你总算进入了永恒。"

第六位大臣说："你不断地发出旨令时,我们希望你保持沉默,现在,你不再能够发旨令了,我们却渴望听到你的声音。"

年轻的国王干咳了一声。短暂的沉默。第七位大臣说："你呐,你的发愁就是死亡的判决,你难道没料到死亡逼近了你无情的判断吗？"

第八位说："有时,你睡梦中心血来潮能发出旨意,现在,你连做梦的权力也丧失了。"

第九位大臣说："你原来有无限的权力,像包围我们的沙漠,现在,你成了沙漠本身。"

年轻的国王又干咳了一声。第十位大臣说："过去,王国疆域的长和宽你一直嫌小,我很想确知,这口有长和宽限度的柩能否容纳你？"

第十一位大臣说："你曾命令我不可离开你半步,但是今天,我仍离你这么近,却再也不能接近你了。"

第十二位大臣说："你一生不停地积累,拥有财富,可是现在,你需要的时候,你难道没有察觉,你积累和拥有的正是你用不上的财富。"

年轻的国王再次干咳。第十三位大臣说："我们都曾小心翼翼服从的人现在沉默了,过去,我们缄口不语,今天我们说话了,你能听见吗？"

第十四位大臣说："你一直不满足地承受着冒险远征的重荷,这片疆域如此辽阔,可你最终只能占据十来平方的地方。"

第十五位大臣说："陛下,这是你私人宝库的钥匙,我可能被指控犯有不是我犯的窃取罪,现在,我不能继续替你掌管这把钥匙。"

年轻的国王响亮地一咳。第十六位大臣说："我曾奉你旨意,筹办寿辰宴席,我征集了国内的美味佳肴和一流厨师,现在,宴席已准备妥当,但你已不能主持宴会了。"

第十七位大臣说："过世的国王呀,是你最后一次集合了我们。本该听你旨令,可是,都由我们说了,多么难得,只是你不能再听,你第一次进入沉默了。"

第十八位大臣说:"你战胜那么多的敌手,镇服了那么多的臣民,现在,你轻易地被征服了,同样,我们也将步你的后尘。"

这一次,年轻的国王一咳闷在喉咙里,他想到了自己,他担心起来,他感到了遥远的威胁,甚至,仿佛躺在金棺的是他本人。他拂拂手,站离王位。他忽然说:遗憾的是,去世的国王已经不能倾听了,可是,他的形象却站在我们的心里,各位的告慰,丰富了他的形象。

年轻的国王用了去世的国王举办寿辰宴会的美味佳肴办了场面隆重的祭宴——这恰好将去世的国王登基的开端和死亡的终结那种气氛调和一起。那之后,死亡的阴谋笼罩着年轻的国王(他谋杀了去世的国王)。即位九年后,他郁闷早逝。他的遗嘱是遗骸不能保留在狭窄的金棺内。因为,贵重的金棺未能保住仙逝的国王的遗体。甚至,在弥留之际,他仍挥之不去的是,大臣、臣民将如何评说他,他懊悔他开了一个否定的先例。最后,他口授旨意:平民一样葬埋我,那是我永恒的方式。

我说你们……让我看看。他们耷拉着脑袋出来,像挨了一顿臭骂,两手空空。我爬进去,看见屋中一座塑像——好像是泥胎塑像。揉揉眼,看清了,是一个人,坐着,我知道他是房主,跟我梦见的差不多模样。难道他一直住在没有窗户的屋子里?又是空落落的房子,布满了蜘蛛网。我失望地说:我一直以为你知道我多么可靠。我发现了一个条子,是房主的遗言。有人宣读(嘲笑的口气,也像自我解嘲):最平常的东西一旦神秘就尊贵起来了。

第四辑

梦中杀手

拥抱的权利

> 巴赫儿像枯死的胡杨树一样立着，两行眼泪滴落下来。

冬去春回，巴赫儿将军收复了失地，凯旋那天，国王举行了盛大的迎庆仪式。其中一个程序，是巴赫儿将军骑骆驼的雕像的揭幕典礼，雕像的大小完全符合原型。国王兑现了对巴赫儿将军出征前的承诺：巴赫儿将军作为王国的英雄永远屹立在广场。

覆盖着雕像的巨大绸布揭晓那一刻，整个广场观众情绪高涨。坐在国王身边的公主情不自禁地站起来鼓掌，用那深情的目光凝视着巴赫儿将军。

仪式结束。巴赫儿将军乘兴向国王提出了他的心愿：娶公主为妻。

国王欣慰地看见公主含羞地微笑。公主摇着国王的胳膊，说：父王。

国王说：择个吉日，举行婚礼。

公主顿时像小鸟投入茂盛粗壮的胡杨树那样，撒欢地投入巴赫儿的怀抱。

巴赫儿兴奋地拥抱着公主，好像担心公主飞走，他搂得那么紧。公主圈着他的手松开了，又在空中挥动着，仿佛在想攀抓什么，接着，呻吟了一声，双臂垂落下来，像折断了的树枝。

巴赫儿立即松手。公主又瘫倒在地，已断了气，国王呼喊御医。御医赶来，一会儿，说：陛下，公主的灵魂已飞去了。

国王大怒，喝令拿下巴赫儿将军。巴赫儿像枯死的胡杨树一样立着，两行眼泪滴落下来。国王叹了口气，走了两个来回。

国王说：念你立过赫赫战功，免你死罪。

将军说：陛下，我甘愿死罪。

国王说：今后，禁止你拥抱任何女性，因为激情使你忘却了你的手臂能致人于死地。

国王没有罢免巴赫儿的将军头衔，只是剥夺了他拥抱女人的权利。起先，巴赫儿还想跟王宫外的女人亲近——他有众多的敬慕者。可是，女人的目光里流露出的是恐惧，仿佛他是恶魔。她们远远地避开他。

拥抱成了死亡的代名词。不再有战争。他开始酗酒。不过，酒水反倒怂恿了他的欲火。他甚至喝得如同一堆烂泥，躺在街头，没人敢接近他。

国王的一个大臣派人抬回了他，又陪他饮酒。孤独之中，他感到了人间的温暖。大臣正在策划一场叛乱。而巴赫儿只想战争降临。他挥舞着发达的臂膀，说：它势不可当。

大臣许愿：一旦成功，便恢复他拥抱的权利。

他说：我只想打打、杀杀，我要施展一番膂力。

没有不透风的墙。大概是巴赫儿酗酒吐露了真言。国王秘密收拾了局面，一网打尽。即将爆发的政变悄悄地平息了，知晓的人仅仅局限在几个人的范围内。

参与叛乱者先后遭受了秘密处决。最后，轮到巴赫儿。

国王说：你还有什么遗言？

巴赫儿说：来酒。

国王赐他三碗烈酒。他说：你有什么遗言，我会妥善安排。

巴赫儿说：我生不如死，陛下，我甘受死罪。

国王说：你曾使敌人丧魂破胆，我不想让你的雕像消失，它可以鼓舞子民的斗志，你只是受了乱臣的怂恿。

巴赫儿说：陛下，还是赶快动手吧，我什么也没有了，我什么也不需要了。

国王在广场公布了巴赫儿的死。国王说：巴赫儿将军违反了我的禁令，他饮酒过度，拥抱了一位姑娘，姑娘死在他的怀抱里，我禁止他拥抱，拥抱是危险的呐，法是无情的呀，我不得不忍痛割爱。但是，巴赫儿将军是我们王国的英雄，他的形象永远鼓舞着我们战胜来犯之敌。

演习死亡

> 现在，陛下判决了我，是我数次死亡之中的最后一次死亡，它是真正的死亡。

二十年前，国王派遣提将军率兵平息边关战乱，期间，提将军战死。可是，二十年后，出现在都城，已是腰缠万贯的富翁。国王判了他的死刑。都城流传国王判决的是一个死魂灵。而提将军在人们心目中是个英雄。

死刑前，国王召集公众，审讯了提将军。提将军供述了二十年的经历。

"二十年前，遵照陛下的命令，招募士兵。陛下下达的任务是招募一万士兵，那样，我可以在陛下那收取一万士兵的军饷。可是，开拔前，我私下打发了一半士兵回家，他们确实厌倦了战争。那五千人的军饷进了我的私囊，我迈出了死亡的第一步。

"陛下，您的火眼现在已明察了我的劣迹。不过，当时，边关离都城路途艰难遥远，派出的传讯兵又是我的亲信，我夸大了战争的规模。敌方的兵力比我方小得多，那简直是小股流窜土匪，我把它夸大了数十倍，说成五万敌兵，并呈报我军死伤惨重，

要求增兵。陛下,您恩准我就地招兵。我便及时传报新招了一万精兵。我可按期收到陛下拨来的二万士兵的军饷。

"陛下,我犯了欺君之罪。独吞了一万五千士兵的军饷,那是不存在的士兵。我率五千士兵轻易平息了边关的骚乱。我又起了另一个生财之念,我叫五千士兵绝大多数就地退伍,不得回乡,剩下的士兵用来监督他们的言行,我不愿让边关的情况传到陛下这里。退伍的士兵仍在军队的名册里,他们和当地女子结了婚。他们的儿子同样登记入册,列入军队的名册。军队的花名册始终保持在二万人的名额。实际只有千把人了。一年前,陛下派特使检阅我统率的军队,士兵中掺杂了十几岁的孩子,我打了马虎眼儿。我贿赂了特使。

"陛下,我贪心不足蛇吞象。我忘乎所以了。那千余士兵,时有死亡,死亡了我也不再补员。我的腰包在膨胀。那一个一个名额,在我眼里,是一笔一笔进项。我辜负了陛下的宽宏大量。那个不起眼的小镇,短短几年,一下子发展成规模可观的城市。百姓感激我。我没必要为自己讨功。

"那里,一直很安定,可是,我一年总有几次呈报边关吃紧。陛下,您见到我很吃惊,我懊悔不该草率地宣布战死。我在陛下眼皮子底下轻易地获得了陛下的抚恤,专门立了我的墓碑。我的遗嘱提名的接替将军实际还是我,只不过是一个化名,我美言了他的功绩,陛下相信了。

"大概生活的单调和枯燥吧,我觉得不断让自己死去颇有乐趣,我又一次次地让接替的统帅战死,我用不同的化名分别在不同的时间、不同的地点战死了五六次,就是说,我虚构了五六个统帅。我说我懊悔的是,我等于判了自己的死刑,我不能在王都露面了。我走上了不归之路。

"我在王都和边城之间设立了无数道关卡,只能进不能出,进来的人必须严格审查,并按我的规定,集中洗脑子——灌输我专门组织的班子撰写的历史,一部值得骄傲的绝无仅有的战争史。出去的人须执我的亲笔签字方可准许离开边城。陛下听到的便是辉煌的战争史了。我授意编造的无数场战争,细节的真实掩盖着虚假的战争。

"这回,我不得不悄悄地潜回都城。我的母亲去世了,我来奔丧。

陛下英明，发现了我。我想，这是宿命。现在，我像出去那时一样，空手来，又空手归。其实，我已经死了。十年前，我已开始死了。我做了一次死亡的演习，用了二十年时间。我看到了陛下替我树立的丰碑。现在，陛下判决了我，是我数次死亡之中的最后一次死亡，它是真正的死亡。我不必背负着巨额的军饷过着担惊受怕的日子了。陛下，我不想把我的所作所为带进坟墓。现在我可以无牵无挂无忧无虑地死亡了。一切都是命定。"

一把世上最小的六弦琴

> 他看见了生命的尽头,好像有一回他走到桌沿,桌沿下边是万丈深渊。

谢志强魔幻小说

  公主的婚事成了国王的心病。可是,公主似乎傲视天下的小伙子。公主的美貌犹如黑夜悬在树梢上的月亮,明净、冷漠。无数女子暗暗羡嫉她,无数男子暗暗倾慕她。可是,没有能跟她相配的如意郎君。她喜欢听音乐、跳舞。她说:父王,天下谁能弹奏那把六弦琴,我就嫁给他。

  公主提起的那把六弦琴,微小得只有她的纤细的小指尖那么小。据说,它能奏出世间最美妙的音乐,只是,没有那么小的手指去弹奏它。它小得无法拿在手中去抚摩,它的琴弦细得像一束阳光。

  国王公布了公主的意愿,可是,无数男子面对这把袖珍六弦琴都无可奈何,他们的手过分粗糙和壮实了。他们的财产都不能使那把俯首细瞅才能看见的六弦琴发出声音。王宫热闹了一阵子,便冷清下来。

  这天,来了个青年,他的英俊使得公主多看了他一眼。他是个流浪的琴手,他的背上带着一把六弦琴,六弦琴维持着他的生计,他滞留在都城,完全是暗自迷恋着公主,他没有吐露过他的恋情,他知道,这不可能。

国王对来客已经厌倦了。他嘲笑地看着流浪琴手,说:弹一支曲子吧。

青年并没有立即去拿袖珍六弦琴,只是惊叹一句:这么小哇?

青年专注地望着六弦琴,像俯视森林里爬动的一只蚂蚁。他的眼神显出着迷,王宫的声音、形象都仿佛消隐了,只剩下他和琴。甚至,想像当中,他已经自如地弹奏起来,他还听见了光一样的琴弦发出的悦耳的音律。

这当儿,奇迹出现了。青年的身体在缩小。可能是他过分投入过分关注,他的身体趋向六弦琴的比例。渐渐地,他接近了六弦琴,他的眼里,那把微小的六弦琴已跟他背上已经取下的那把六弦琴一样了。他轻易地立在圆台桌上,那桌,像是他感受的整个世界。

国王、公主都过来观察他,而他并没有意识到身体发生的变化,大概六弦琴迷住了他。他的身体已经符合足以弹奏六弦琴的规模。他捧起了六弦琴,像他平时那样,调试琴弦,可琴弦已经用不着他费事了。

青年弹起喜欢的一首曲子,他沉浸在音乐的流水之中。公主伴着曲调,开始翩翩起舞。脸上的表情像冰雪融化了那样,绽开了鲜艳的花朵。国王乐不可支。

那天,青年一直弹到太阳西下,公主也一直舞到太阳的余晖撤走。待到太阳又升起的时候,公主显得失魂落魄,她像寻找什么遗失的东西。

她听到了悲伤的曲子,忍不住抹了泪。她找着了青年,一个指头大小的人儿。公主顿时明白了,她想像中的郎君便是这样的小伙子。可是,小伙子察觉了他的处境多么尴尬——公主像一个庞然大物,他却那么渺小,他站在公主纤柔的掌中,他知道他不可能得到公主的爱了。

公主说:来首欢快的曲子吧。

他弹起来,可是,欢快的曲子潜流着忧伤。公主的舞姿竟然准确地表达出来了。他只能在六弦琴里倾诉他的痴情。他的悠然自在的流浪生涯只是一个巨大的梦。那段生活是一支悠长的曲子。

他庆幸,能日夜陪伴着公主,他发现,他一弹奏,公主便像天山的雪

水流入久旱的沙漠，那欢快的舞蹈如同树和草一起充满了生机。

　　后来，他病了，公主不知道他病了。他和公主的小手指一样大，公主看不出他病了。公主捧着他。公主不思茶饭。他不忍，硬撑着，弹了一首他最喜爱也是公主喜爱的曲子，他希望公主不停地舞蹈，可是，琴弦突然断了。他看见了生命的尽头，好像有一回他走到桌沿，桌沿下边是万丈深渊。

猫 公 主

> 猫说：我们本是同类，王国将是动物的天下了，你是动物的国王。

这天，国王照例去王宫内的浴池沐浴。服侍国王的是一位贴身男仆，他是国王忠实的奴仆。可是，他趁国王沉浸在温度适宜的池水里闭目养神之际，擅自穿上了王服，他有意走出浴池试探了一番，果然，都当他是国王——王宫里，都认这套国王的服装。它具有国王的尊严。

国王浴毕，察觉了处境的尴尬，他指示王后唤来巫师，决定惩罚男仆。这个王国最严酷的判决就是把犯人变成动物，后花园的鸟呀兽呀都是判决的结果。那是巫师擅长的手段。

穿着国王服装的男仆深知巫师的厉害，却又不甘心。他养着一只温驯的猫，形影不离，据说，那只猫是国王的公主，国王本想把公主婚配到邻国，可公主不从，国王一向说一不二，恼怒之下让巫师念了咒语。

男仆把希望寄托在这只聪明的猫身上了。母猫发挥了她的媚态、美言，大肆奉承巫师，甚至用身子去蹭了巫师。那柔软的毛像电一样触动了巫师的神经。猫说：我们本是同类,王国将是动物的天下了,你是动物的国王。

巫师立刻变成了一只沙漠之虎。母猫想起了她的一个梦,梦里她是一只虎,她认为那是放大的猫。现在,母猫畏惧地叫了一声。巫师长啸了一声。百兽之王的豪壮之声。巫师喜欢母猫的柔软,于是,又变成了一只毛驴。大耳、大眼都是王国美男标准的取向。而且"昂昂"的叫声,似乎王宫在颤抖。

母猫垂下了眼帘,那是不悦的表现。巫师说:我替你变个公主喜欢的角色。巫师晃了一晃,庞大的身子消失在母猫的仰视里,她的对面,蹲着一只老鼠,"吱吱"地动着。

母猫乐了,"喵"地扑上前,一口咬住老鼠。巫师没来得及作出反应,头颈已断。

于是,男仆坐上了国王的宝座。王宫大臣都拥戴他——他的王服是国王的标志。他接受了教训,不再脱离王服,而且,宣布一条刑律:除他之外,任何人碰一下王服,当斩。他封了母猫为王后。他开始物色巫师,得把母猫的真身还原呀。

标　志

> 国王说:你的戒指已表明了你的倾向。

　　王宫里,暗暗地分成两派,两派有一个共同的标志,即戒指。区别在于,一派戒指戴在左手指上,称为左派,一派戒指戴在右手指上,称为右派。国王睁一只眼闭一只眼,任凭两派明争暗斗,两派都效忠国王,国王倒可享受两派争斗之中的王位平衡了。

　　群臣之中,惟有宰相不属任何一派。不过,两派都较着劲儿争取宰相。宰相癖好对弈。一天,左派支使一名善弈的老者拜访宰相,带来了一枚戒指,说是作为对弈胜负的赌注。

　　宰相说:我输了呢?

　　对方自信地说:宰相是高手,输了,再约一次。

　　宰相还是摘了腰间的羊脂玉佩, 说定一局见分晓。三下五去二,宰相杀得对方没有招架之力。对方推上戒指。宰相意犹未尽,可是,这当儿,侍从来报,王宫总管来请示。

　　取走了棋具,宰相一忙,将戒指套入右手。宰相听着听着,不安起来,那戒指内径过大,在手指间荡动,宰相

担心它脱落下来。总管注意到了。

　　转天,宰相发现王宫的大臣看他的目光异样了,有的亲热地招呼,有的冷漠地避开。宰相一时没有探究发生了什么——他的模样、穿戴还不是照常吗?随后,宰相听说有人借他的名头,攻击左派。据说,右派的势力一下占了优势,左派诸多中坚纷纷反戈,加入了右派。这一点,表现在戒指戴在右手指上。

　　宰相已摘掉了戒指。可是,两派的势力已发生了倾斜。而且,国王召见了他。国王不希望看到失衡的局面。

　　国王说:爱卿,你看我执政有何疏漏?

　　宰相说:子民的生活,军队的强大,可以体现陛下的英明。

　　国王说:不过,有人进言,本王有疏漏了,你站在右派一边并不是本王的意愿。

　　宰相说:我一直保持超脱,不想陷入两派纷争。

　　国王说:你的戒指已表明了你的倾向。

　　宰相回府,戴着戒指不断地在王宫走动。戒指这回戴在左手。那些本来亲热他的右派像是沙暴袭来一样,认为宰相代表国王支持左派了。

　　右派的众多官员一时间惶惶不可终日,原来反戈的左派懊悔不迭。左派又神高气昂起来,而且拒绝接受"叛徒"。蔑视着两派的宰相暗自发笑。那天,国王上朝,他当着群臣,归还了戒指。

　　宰相说:想不到你们这些棋子那么脆弱,可怜的戒指不过是一个小小的赌注罢了。他请求国王:王宫内一律不准戴戒指。

　　王国下令:王宫上下,男性不得戴戒指。

　　可是,两派的惯性延续下来,国王常常感到棘手,像两军交战,没了标志,混作一团,诸多事务难以决断——因为,这种对立、纷争已脱离了真理、真实,而停留在固执的表象对立了。

一个人的都城

> 一个人的都城是短暂的承诺,国王用爱和恨抹掉它了。

国王已委任这座正在围攻的都城的城主是沙。沙是察的儿子,察是国王的儿子——未来的王位的继位者,沙又是未来国王察的王位的继位者。

已经围攻三个月,攻克不下。这回,国王亲自率兵远征,还是头一回受阻,士气已丧,况且,沙漠地带的热浪开始显示出不可抗拒的威势。国王焦虑,说:还没啃过这么硬的骨头。

这是邻国防御最牢固的都城。沙自告奋勇地说:陛下,允许我率兵攻城吧。

国王说:那已是你的都城,你攻破了,可以赢得你的威望。

沙组织兵将,发起强大的攻势。这是春天,沙漠刮过来的狂风携带着蔽目的黄沙,增添了攻城的气势。城墙终于撕开了一个决口,沙率兵一拥而上。

沙登上城墙那一刻,他骄傲地挥舞着利剑。太阳又一次露出了辉煌。沙感到征服的喜悦。可是,一支箭飞过来,击中了他,箭头得意地浸入绽开的血花里,好像刺在

都城的要害。

那一刹那，沙的念头里，整个都城像沙尘一样腾起，他的眼前一片模糊。细长的箭贪婪地吸吮着他的灵魂。他抵挡不住，如同偌大的一个都城撕开的一个口子，他倒下了，发出厚墙塌倒的声响。

国王很快获悉了失却心爱的孙儿的消息。他想到这些日子攻城没了意义——这是已经赏赐给沙的都城呀。

将军又来报捷，请求发布处理城内财物的王令——没有国王的旨意，都不敢动。

国王抑制着悲恸，一挥手，说：抹掉。

将军一愣，知道国王的意思，可是，征战前，国王已羡慕这座都城拥有的物产和珍宝了。

国王说：还等什么。

将军离去。

国王又发令，沙的阵亡，不得透露给察。可是，察还是来了，还有几位大臣。国王佯装对察动怒的样子，说：谁叫你们拔营了？我并不打算进驻城里，可你们擅自行动了。

察畏惧了，说：父王，我不敢违背你的话。

国王说：我就等着你这句话，我命令你不许哭。

这时，察还不知沙儿阵亡的消息，他说：遵命。

国王说：沙战死了，不许你悲伤，沙的荣誉属于我们王国。

察顿时支持不住身体，却克制住自己的泪和声。可他的躯壳仿佛承受不住悲痛的膨胀。

已是黄昏。察的嘴唇咬出了血珠。他退出国王的帐篷，奔向一个沙包。沙包的柳丛已有朦胧的绿意，像是在奋力挣脱出无情的沙漠。察扑在沙包上，终于发出了哭声。

一天里，这会儿出奇地宁静。远远地，都城弥漫着烟雾——是沙尘，是烟雾？兵将们展开了又一场杀戮，不留一个俘虏，不掠一件财物，人呀、畜呀，禽呀，包括房屋、城墙，全部"抹掉"。

抹掉的时间毕竟快于形成的时间，这座都城追随它消失了的城主消失了。国王说：不得恢复。于是，它成了荒漠，时间又抹掉了它和沙漠的差别。后来,它不由自主地纳入了永恒的沙漠,竟然没留下丝毫的痕迹表明它存在过。

这就是国王不愿提起的"一个人的都城"。后来,察继位,而接替察的王位却断了续。永恒的是沙漠,一粒一粒沙子如同凝固了的时间,每一粒沙子又包含着无垠的永恒。一个人的都城是短暂的承诺,国王用爱和恨抹掉它了。

清　白

> 沙子淹埋了他们的肉体和他们崇敬的宗教，活下来的是故事。

这回,故事主角是国王的弟弟。

故事发生在龟兹古国,现今的库车县。我的同学的弟弟姜旗在库车县电视台供职。他告诉了我这个国王和弟弟的故事。他是带着自豪叙说的这个故事,仿佛他是龟兹古国国王的后裔。我还听到数个口头版本,可见流传相当广泛。一代一代口头传承,故事框架固定下来,增减的仅仅是细节。我想到故事的力量。

后来,终于拜读了玄奘西行路经龟兹国的记载,也是来自口头传说——库木吐拉的传说。那时,佛教盛行。国王和他的弟弟也是崇敬三宝。沙子淹埋了他们的肉体和他们崇敬的宗教,活下来的是故事。

我参考各种文字和口头的版本,试图尽量复述得接近原态。首先交代一个龟兹国的风俗。当时,小孩出生,要夹扁头颅,那是龟兹国理想头形的标准,用木板夹着头,小孩的头壳很嫩软,很快能符合夹板的规定,形成理想的模式。国王的弟弟的头颅就是标准的形状。无意之中,夹板也夹出了理想的灵魂。国王的弟弟出生就定位了。他的忠诚近乎完美。

那是龟兹国的太平盛世的时期,国王打算出宫游览圣迹,委托弟弟代理掌管王国事务。

弟弟承诺,必尽最大的能力,遵照哥哥的规矩处理国家事务。不过,弟弟有顾虑,他那完美的品质已经凭空招来许多诽议,哥哥不可能没有听到逸言,可哥哥从未表露丝毫疑心。

弟弟一向小心谨慎,且又十分敏感。况且,哥哥的一个宠爱的妻子——王妃在眉眼里时常传递过来秋波,只不过他佯装愚钝。他知道,他的言行稍有不慎,都可能成为别人诬陷自己的把柄。

于是,国王临行前,弟弟呈交了一个包金的小匣子,并贴了封条。

国王不解,说:这是什么呀?

弟弟请求道:陛下,恳请您回驾那天再打开。

金匣子构成了故事的悬念。国王带着它游山玩水,观礼圣迹,美景冲淡了金匣子的存在,可是,宫内的大臣、侍从有了谈资。国王的爱妃邀请国王的弟弟游赏御花园。那是春暖花开的季节,自然和王妃都把最美丽的一面展示出来。弟弟感慨生活的美妙。

花谢的时候,国王一行返回王宫。宫廷内外的事务安排得井井有条,国王很满意。可是,大臣还是纷纷进言,指责趁国王不在,其弟深入后宫,勾引嫔妃,偏偏选中国王的宠妃。

王宫已传得沸沸扬扬。国王顿时发怒,开庭审讯,欲置严刑。弟弟的性格内向,一言不发,像是听候发落的样子。

亲爱的读者,我无力原汁原味地记述口头传说的版本,我知道,口头版本符合听众的口味,我用了书面语言。现在,到了抖出包袱的时机了。国王早已遗忘掉了那个金匣子。龟兹国春天的景色淹没了金匣子。只有在王宫人与人之间的险恶之中,金匣子才能浮现出来,像是大风吹开了淹埋在遗址上的沙子。

弟弟终于不紧不慢地开口了。是国王给他最后发言的机会,事实已摆着,那么多的证明。国王说:你还有什么可说?

弟弟说:陛下,我不敢开脱罪责,只愿您开启金匣子。

国王传令找来金匣子。当时,国王很恼火,说:这是什么?能说明什

么?

弟弟说:陛下,打开便知。

国王启开了金匣子,惊愕地说:这是谁的异物?

金匣子内躺着一具男性生殖器。

弟弟说:陛下,您出行,命令我代掌国事,我担心的谗言果然生效。

国王说:你何必自废呢?

弟弟说:只有自残能证明我的清白。

读者诸君,《大唐西域记》执笔人是辩机,他有丰富的想像力,他的记叙来自玄奘的口述,而玄奘的口述,又是听取了龟兹国的接待人的口述,这样口述的口述的口述……很难考证故事的原态了。口传过程中,故事本身发生了多少变化,已不可得知了。何况,故事又穿越了各种不同语言的转换。每一块土地都永恒地生长着故事。姓名和地名都不重要了。国王的弟弟,一个王族成员,为了证明清白,何苦采取那种措施进行自我保护呢?诚然,他已看透了王宫内的险恶。

半　年

> 他掌握的东西，他们都掌握了，惟一的区别是他们在民间，他在王位。

　　国王获悉，民间已发生了数起假冒他的模样诈钱财、夺民女的事件，却都是不了了之，当地的官吏怕冒犯了真正的国王，等到传令缉拿，罪犯又无影无踪。罪犯的相貌简直可以以假乱真，况且，同类罪犯出现在不同的地方，相互结成帮友，连锁作案。

　　国王决定微服私访暗查。据说，罪犯只接纳相貌雷同的帮友。国王愿当诱饵，钓出这帮罪犯，以正名声。因为，各地百姓已对国王颇有微辞。国王是一国之君，形象怎能败坏在几个罪犯的手里？

　　国王临出行，私下召集几位亲信，安排了王宫政务，又特别叮嘱：我离开这半年内，凡以我的容貌出现在你们面前的人，格杀勿论，我肯定他们会趁我出宫来行骗，半年内的任何时候，你们不必听来者的巧言。

　　于是，国王露宿风餐，几次生病，都又转痊，他闻知假冒国王的踪迹，赶过去，早已不知去向，倒是当地百姓将罪责安在他身上。国王终于吃不住这般

皮肉之苦,提前返回王宫,半年还差七天,他已两手空空。

国王一进宫,立即有人拿下了他,五花大绑。他摆出国王的架子,说:你们想怎的?知道我是何人?

亲信说:又来一个,自投罗网!

国王以为宫廷发生政变,可是,一拨亲信忠心耿耿追随了他十几年了呀。他说:我是国王,你们睁开眼睛看看。

亲信说:来者不也声称"我是国王"吗?国王已授生杀大权,押下去,斩首示众。

国王急了,说:大胆,我是国王,你的权力是我所赐。

亲信说:还敢狡辩?

国王说:我已相信你们对本王的忠诚,我本人就是国王。

亲信轻蔑地说:死到临头,还耍花招?你不妨提供你是国王的明证,说来听听。

国王发现数月出行,随身物品已被窃盗得干干净净,连他至爱的玉佩也只剩个挂环。他说:我这挂过你置办的玉佩。

亲信说:你之前的假冒国王已出示过玉佩。

国王说:我有王服,拿来一试便知。

亲信传话,取来王服,一试,国王说:这数月,食宿不宁,瘦了许多呀。

信:前边来的那个穿了还撑满了呢。

国王说:我的王后清楚是我。

亲信说:王后替你的前者已哭得神志不清了。

国王说:临行前,我签发过圣旨,现在可对圣迹。

亲信说:这类雕虫小技,你的前者已试过笔,你们这拨假冒国王的罪犯不惜代价,已将国王的底细摸得一清二楚。

国王讷言。他没曾料想假冒国王足以替代他了——他们难道是有计谋地赶他下台,而且,置于死地了?他已没了证明身份的凭据。他掌握的东西,他们都掌握了,惟一的区别是他们在民间,他在王位。

亲信说:国王是天子,你可以展示你的圣迹。

国王只是站在地上。太阳、云朵、沙漠、绿洲。国王忽然发现门外,一个侍从在扫地,其实,许多年,侍从都那样的姿势,只是,现在,国王羡慕起他了。

国王说：我想知道那位侍从的姓名。

亲信说：他不可能证明你什么。

国王说：我不是让他证明我。

亲信说：告诉你吧，你来的不是时候，你应当过了国王说定的半年过后再来。

梦中杀手

> 国王出席了他的葬礼,而且,给予这位战将最高的评价,还要求人们永远铭记他。

谢志强魔幻小说

他是国王麾下一位最受宠的战将,他立过赫赫战功,他的威名飞遍疆域。现在,战争结束了。人们渐渐地不再敬慕他,甚至,陌生了他的姓名。他忍受不了荣华富贵的享受,战争是他体现英勇、尊严的去处。他感到歌舞升平的生活渐渐消耗他的勇武。他便贪恋酒杯,酗醉之后,沉入梦乡。他在梦境里继续着他的征战。

他察觉,梦中,他交手的对象,梦醒后,他便获悉那个对象或伤或死。交手的对象都是长得跟他战场敌手外貌相仿的都城的臣民。只不过,梦里,他替对方穿上了敌方的服装。幸亏,他没梦见过国王,或说,国王不曾进入他的梦境,这一点,他还自慰,因为,他一向效忠国王。他倒是得意都城出现了恐惧和骚乱的气氛。

他的妻子问起过:你喊什么?你入睡了不时地呐喊。他敷衍过去,他失却了激情,像是一个武士没了对手那样。妻子力图唤起他的激情,可是,他已没了兴趣。

妻子怀疑他另有所爱。说:征战那会儿,我陪伴你南征北战,你是多么爱我,我希望你还爱着我。他说:我还是爱着你,可是,我是为战争而存在呀。妻子说:现在这样生活,不是很好吗?你还缺什么呢?

他便饮酒,妻子陪他喝。又醉了。妻子安顿了他——他凭借着酒力杀入战场,他开始做梦。现在,他抵达了他生命的结局,他梦见了国王。他要求国王宣布一场战争开始,他只是恳求,还没想定对哪里发起战争。国王第一次严厉地否定了他的请战。国王说:我的臣民已难以忍受战争了,他们很脆弱。

他说:可我不能没有战争,战争能让我重生。国王劝慰他享受和平的快乐。他拔出了剑,要挟国王发布命令。国王动怒了。甚至,陪同他的妻子含泪劝说他:放弃战争的念头吧。

他掠起剑,那道寒光闪过妻子的头顶,这当儿,妻子操起一把剑,他来不及用苏醒来制止妻子的举动,他便死在了梦里。

妻子将他的头颅盛进一个匣子,送到国王面前。国王惊魂未定的样子,显然,不久前受到了威胁。国王说:他曾为王国立过不可磨灭的功勋,可惜呀,昨晚,他要我发动一场战争。

她没说明丈夫梦见了国王,国王的性命有可能出现危机。她仅指出,都城出现的无数桩不明的凶杀案,都是丈夫梦中所为。国王说:难怪我看见了剑的闪光,可今天是一个晴天呀。

国王出席了他的葬礼,而且,给予这位战将最高的评价,还要求人们永远铭记他。说他过去为我们的现在付出了全部的生命,祝愿他的英灵永生吧。

夸　大

> 乌斯曼想:难道尼沙为国发了死誓,而传回来却成了死讯?

战场传来统帅尼沙的死讯。国王立即任命乌斯曼为统帅前赴接替。乌斯曼派出侦探先行一步,了解月氏国的兵情。

乌斯曼天亮率兵启程,前统帅尼沙的部下已快马来报,战局空前恶化,敌众我寡,况且,我军远征,粮草短缺。传讯兵仍执着尼沙的手迹。乌斯曼以为尼沙的死讯有误。

传讯兵述说途中的艰难,换了坐骑,耽搁了一天。可是,乌斯曼想:难道尼沙为国发了死誓,而传回来却成了死讯?乌斯曼传令加快进军速度。他猜此次出兵凶多吉少,必定是一场恶战。

穿越了一片沙漠,进入了月氏国的绿洲。派出的侦探已飞马来报,乌孙国失却了军事统帅,整个军团溃败,据月氏国的一个俘虏宣称,月氏的骑兵战无不胜,决定奔征乌孙国王宫。而且,所有的俘虏都是一个说法。

乌斯曼知道,尼沙是国王的驸马,当初,应当是稳操胜券,所以,尼沙自告奋勇出征,国王是想通过此战树立尼沙的威信,双方接火,尼沙曾不断传讯敌方已有准备,兵力出乎意外。现在,双方的情报构成一句话:强大的乌孙国军队处境险恶。

第二天,太阳即将坠入地平线,乌斯曼赶到了前线。审讯了数个敌军的俘虏,都是小头目,又私访了尼沙的副帅。乌斯曼得出了相反的结论,毫无疑问,敌我双方都夸大了战情。

乌斯曼又单独审讯了敌方的俘虏,俘虏吞吞吐吐供出了实情:月氏国兵将死伤惨重,统帅立了一条军规,一旦被乌孙国军兵俘虏,一定要渲染月氏国的锐不可当、战无不胜的骑兵,否则满门抄斩,另外,俘虏营里,尼沙统帅的部下专门教了一个说法,说是月氏国已有防范,兵力强大。俘虏表示大惑不解,不得不按此招供,不然,有斩首之祸。

乌斯曼坐镇军帐,十分恼火。不过料知敌方不敢轻举妄动,他掌灯召来了几位勇武之将,摆了酒席,不断大碗敬酒。酒过三巡,部将吐露了真言。原来碍着驸马的脸面,派出的传讯兵都谎报了战事。

乌斯曼觉得尼沙还留在军帐,尼沙的阴影在暗角里窥视着他们。幸亏烧酒壮了胆。国王的耳朵软,而王后和公主不断吹风,驸马大有继位的兆头。可惜尼沙没能抢了头功。

乌斯曼问:为何夸大战情,这不是长敌军的威风,灭我军的士气吗?

部将说:统帅,恕直言,驸马春风得意,他夸大敌方力量,战胜了,威望不就陡升,战败了,借口不就正当?或胜或败,他都主动,驸马数次召集我们统一口径,期间延误了战机。

乌斯曼说:今天的话,过后不得再提,它和尼沙一同永远埋进沙漠了,否则,谁能保证脑袋能留在肩上?酒话酒话,酒后不算话。

部将惶恐顿时打消。一个个举杯,起誓愿与统帅共生死。乌斯曼宣布明日太阳露出地平线时,发起攻势。

太阳像火团一样腾出遥远的沙漠尽头,战鼓擂擂,军旗猎猎,平地扬起弥漫的沙尘。耀眼的阳光里,刀剑闪闪。烈日当空之时,月氏国军队败乱。

乌斯曼坐在马上,忽然看见挥剑策马的尼沙,而且,听到尼沙狂妄的笑声,只有尼沙会那么敞开的笑。沙尘渐渐落定,乌斯曼觉得那姿态那笑声就停留在他的脑海里,仿佛控制着他,他的头胀裂似的疼,他想:我数日未眠,该痛痛快快睡一觉了。

一 支 箭

> 使官的脑袋烧得一派混沌,他像是一具安置在马背上的躯壳了。

使官投宿一个驿站,他奉国王之命出访,离都城已有三日,可是,信使飞报国王的旨令:国王召见使官。已是夕阳西斜了。

使官还没有抵达目的地,不知国王又召回他有何急事,而且,国王并没有通报召见的内容。使官不得不连夜往回赶。

国王有规定,凡旨令下达,无论路途多远,必须马不停蹄,昼夜兼程,不得延误。而且,国王还规定一日的行程,违者问斩。

偏偏使官一路劳累,周身发热,他惟恐身体坐不稳,便将身体绑在马背上,这样,消除了跌下马的忧虑。因为,一旦接受国王的旨令,无论病势如何,片刻不得怠慢。国王讲究的是速度。

这匹马似乎懂得了使者的心情,不用使官挥鞭——使官失却了挥鞭的力气——箭一般地穿行在夜色之中。使官的身体任凭奔马的颠簸,他像是一支出弦的箭,保持着疾行的速度,仿佛那支箭够不着它预定的靶心。他的身体如同一块糖，夜色的水在融释它。

清晨，马奔进了一个荒凉的驿站，马到达院子，当即倒下，发出一堵墙坍塌的声音，马体汗水淋漓。他的腿压在马肚底下。马喘了一阵粗气，就挺直地躺下了。

驿站差役闻声迎出，知道不敢延误，按照使官的示意，牵来一匹马，重新绑实了使官。这是国王的规定：中途不得留宿，驿站的职责是更换新骑，提高马的速度。而且，监督使者上路。差役仅仅提供了壶水和干粮，使者可以在马背上饮食。

差役还指定了两个人陪着使官赶路，他说：使官像一团火。那马已熟悉了路途认准了方向，都是经过了严格训练，不用使官操心。使官在马背上喝了水，稍微好受了些。他眼里，阳光都破碎了。

穿过一个村庄的时候，使官奇怪：村民总在仓皇躲避，一个个形迹恐惧。两位陪行的告诉他：国王的使官可以发号施令，无偿征集物件。逢村吃村，遇站吃站，国王的规定是如此的。当地官员往往趁机加倍征收，中饱私囊。这也是国王考虑提速的措施。不过，使官的脑袋烧得一派混沌，他像是一具安置在马背上的躯壳了。

使官只是喃喃地说：水，水，水。他的马背立即增挂了三个盛水的皮袋，"咣啷咣啷"的水响，和使官喝进了过多的水的胃囊应和着。

又换了骑乘，像箭出弦。村里驻守的官员，考虑着能够保证王命的实施，又增派了两名随行人员，都怕疏忽了国王的旨令。

傍晚，遇到了国王的一支军队，陪同的差役打出了国王的招牌，提出所需的马匹食粮。王命的权威无边，将军想招待使官。使官不肯松绑，他担心：一旦下马，再骑不上去了。

将军不敢挽留，贡献了自己的坐骑，又结结实实地绑妥了使官，还派了两名壮士护送。军医临时关照使官服了药丸。

一夜疾奔，使官的热度已退。又一天的开始，预示着一个酷热的天气。烈风夹着沙粒吹来，像是要敛去他身体的水分。他的嘴唇已裂出了皮屑。

当天，使官以为出现的一个驿站在举行重大的庆典，旗呀马呀人呀，都迎候在驿站门口。近了，知道驿站已提前接到了音讯：国王的使官路经

此地。

驿站头目想略表心意——使官可以将头目和国王联结起来。使官说：国王召我速往谒见，我怎敢停留片刻。

使官没挑明斩首的话，况且，陪行人员都可以监督他的行动呀。使官看着又倒毙的坐骑，而他的腿已不能站立了。可他执意还是要驿站的头目把他绑在另一匹马上边。

头目指使了两名驿员护送，备了当地出产的葡萄、苹果，要求使官在国王面前美言几句。接近都城的路途宽阔起来，沿途是一片连着一片的农田，使官这一行，已是一个可观的队伍，将一条路踏起湿柴燃烧一般的沙尘，远远地，瓜农、果农，纷纷逃避，好像他是不祥的标志。

进入都城大门，使官开始琢磨应对国王的话。国王算得出他的行程——他严格按照国王的规定赶路呀，半途中国王召回他，一定有重要的事情。可他心里没有底。

国王已派一位差役来王宫前宣慰，他得知觐见要后延半天。原来，国王正在举行盛宴，款待邻国的使团。那正是使官奉命前去访问的王国，只是，国王召回他的旨令发出的时候，还未曾料到邻国来访。

盛宴的高潮，国王突然发兴召见使官参加宴会。国王只说：我一下想起了你，我召你回来，只想对弈，你怎么成了这样？

使官说：我惟恐陛下牵挂，赶了三个昼夜，丝毫不敢怠慢。

国王说：我想听听你沿途所见所闻。

使官说：王恩浩大，一路效忠。

国王欲举杯赐酒，使官当即倒下，他硬撑到了最后一刻，像一支飞翔的箭落在了靶牌上。国王说过：一个公使要如箭一样飞。

钱　包

> 国王宣布：主持正义和公正的人丧失了正义和公正比沙暴还可怕。

　　国王准备出宫巡视，在宫门口，接到等候在那里的一位自称商人的一份状子。商人穿着邋遢，很落魄的样子。

　　国王要他去本城法官那儿。商人说：我告的就是法官，陛下，请您明断。

　　状子陈述的案情大致是：商人外出贩运，将剩余的积蓄，一包金币存在法官处，法官和商人有过私交，口碑颇佳。绿色的锦缎钱包缝得严严实实，且有标记。这趟生意亏空，商人归来取回寄存的钱包，发现钱包的金币换成铜币。法官拒认作了手脚，认定钱包完好无损——标记丝毫未动，钱包也找不出被开启过的痕迹。

　　国王十分信任法官，他见商人的表情、眼泪没有虚假，却又不好跟法官当面对质。他留下了钱包，表示要调查此事。他决定改天巡视。钱包搁在案头，他希望钱包能发出声音，透露怎么回事。

　　那天晚上，国王没睡安稳。法官要是犯了这样的事儿，还谈得上什么主持公正？国王担忧了。第二天，天刚刚放亮,他起来,传告他要出巡。

国王起寝出行,宫内侍从照例来整理。侍从发现绸缎的被面开了半尺长的口子。他慌了,这个小心翼翼的侍从以为大祸临头,他哭着告诉主管,声称有人加害于他,撕开了被面,那么珍贵的被面。

宫内主管威信很高,他常替属下挑担。他问清再没别人知道,便教侍从拆下被面,去城内找那个有名的裁缝师傅。一个巷口的小铺子,铺主是个中年人,祖传手艺,无妻无子,手艺名气很响。侍从找着了铺子,心里还是没个底,只认定他的性命靠裁缝师傅那双手了。

侍从加倍预付了钱,又说了一通感谢拜托的话,约定午后来取。师傅嫌他啰嗦,可是,侍从顾不得他不悦了,还是叮嘱:活急,你可要把你全部的手艺用上呀。

师傅埋头做起活儿了,侍从弄得没趣。午后,侍从急忙赶来。他张开绸被面子,正反上下左右,细细察看,根本找不出撕开口子的地方,心头悬着的一块石头稳稳放下。

国王一回宫,立即传唤主管,问道:这被面撕开一个口子,怎么没有了?

主管以为瞒不住了,说:陛下,给侍从一个胆子他也不敢做这等事情,他大概得罪了谁?

国王说:是我撕的被面。

主管慌了,说:陛下,小人冒犯您了。

国王说:我还要奖赏你们呢,告诉我,补这被面的是谁?

国王便传见裁缝师傅。不过,考虑裁缝师傅惧怕,传唤的理由是主管有缝缝补补的活儿要赶做。

可是裁缝师傅还是慌得不行。国王赞赏了他的手艺。他万分感谢国王赏识他小小的手艺。

国王说:城内,可有人超过你的手艺?

他说:陛下,他们是我的徒弟,缝补被面这样的绝活,我留了一手没外传,这类活儿不多。

国王问:你可接受过补一个绿锦缎钱包的活儿?

他说:回禀陛下,是本城大法官送来的钱包,绿颜色,不错。

国王说:那么,你能认出那个钱包吗?

他肯定了。

国王拿出压在书卷中的钱包,说:是这个吗?

他说:不错。而且,他指出钱包下方拆过线的地方。国王再次赞叹他的手艺。

国王要他当着法官的面对质,说:你敢吗?

他点了点头,说:我的手艺绝对不会有纰漏。

国王传了法官。国王说:你是本城德高望重的法官,朕信任你,现在,你认一认这个钱包。

法官掩饰着内心的慌乱,说:陛下,我还不明白你的意思。

国王传唤裁缝师傅和那个商人。法官顿时脸色刷白。国王说:你的职责是沙中选金,可是沙粒掺进了你的眼睛。

商人如数拿回了金币。国王公正地革除了法官的职务,并驱逐王城,流放到沙漠。国王宣布:主持正义和公正的人丧失了正义和公正比沙暴还可怕。

无情的命令

> 他们完全可以抓住我俩,可他们没有……难道他们感兴趣的是我俩的踪迹?

将军奉国王的旨令远征。他派出两名探子,侦探敌方的军情。可是,只回来一名探子。

将军起疑,说:怎的你能安全返回?

这位探子说:我们摸到了敌人的营地,敌人发现了我们,混乱之中,我们失散了,我很快摆脱了敌人。

将军说:你胆小,出卖了同伴,我判你死罪。

这位探子解释不清,他拿不出将军需要的证据,而证据必须由另一位探子提供。

将军说:我的命令像派遣的你们一样,你们没有完成,那么你就得接受处置。

这位探子知道将军属于王亲,他的专横体现在他发出的各种命令里。有一回,将军宠爱的坐骑淹死在河中,将军命令那条河改道,一时造成了水灾,并动员全军凿出了一个新的河道。

将军命令一名侍卫,说:现在,你押他出去,立即斩首。

侍卫押着这位探子去营地不远的一个沙包,这时,这位探子看到了生机——另一个探子风尘仆仆地赶回来了。

这位探子说：你再迟一步，命令就到达了我的脑袋了。

侍卫陪同两位探子返回了将军的驻地。

这位探子说：将军，我的同伴已经能够作证了。

将军很恼怒，说：我的命令一旦发出，我收回过吗？我改变过吗？命令会自行去实现命令的目的。

另一位探子说：将军，我摆脱了敌人的追踪，差一点儿回不来。

将军对第一个探子说：我已宣判了你的死罪，命令已发出，你不得不死。

这位探子又陷入绝望，木木地站着。他想起将军的那匹发了疯的坐骑，挣脱了将军，失控地奔向河流。那匹马像将军发出的命令。

将军对另一名探子说：你只不过回到我发出的命令里，你造成了你的同伴的死罪，你有同等的罪，所以一并斩首。现在这个命令依据的是前一个命令。

另一名探子茫然地望着同伴，垂下了头。

将军对侍卫说：我命令你执行我的命令，可是，我的命令被你擅自改变了方向，你的职责是执行命令，你甘愿落入死罪的命令。

侍卫顿时沮丧，暗想，若早一步，他便终生懊悔，他庆幸没有增加冤魂。

将军指定了三名侍卫执行命令——他们像是命令的化身，威严地执着闪着寒光的刀，而两位探子和一名侍卫又由另一个命令承载着，望着那个沙丘，那个命令已提前等候在那儿了——那是三人生命的终点，那也是命令的交会处。

走近沙丘，好像那是预定的坟墓。这个探子对另一个探子悄声说：敌人显然设了埋伏！他们完全可以抓住我俩，可他们没有……难道他们感兴趣的是我俩的踪迹？

另一个探子说：我俩的足迹是敌人发出命令的依据吧？足迹比我们有价值。

落 日

> 库鲁感到烈日敛收着他体内的水分,他脑子里浮现出一片水域。

　　走进峡谷口的时候,托乎提想:邻国的国王阿里将怎样对待特使团？托乎提是国王指派的特使,前去和阿里谈和。此次出使凶多吉少,托乎提琢磨着自己的脑袋脱离身体的概率。

　　托乎提调整了队形,他领头。他熟悉邻国的规矩,要是动了杀机,第一个出现在军阵面前的可能掉脑袋。他要维护国王的尊严。

　　可是,开阔的峡谷十分宁静,宁静得可怕。果然,一片纷沓的马蹄声,他们已被围定。接着是黑布蒙住了双眼。只有马背的起起伏伏感受道路的坎坷。马戛然而止,揭去黑布。托乎提看见一个粗鲁、健壮的汉子,穿着肥大的羔羊皮袄,腰间别着刀剑,蓄着一脸漂亮的胡须。这是一位马背上的国王。

　　托乎提猜定这就是阿里。托乎提表明了身份,说明了来意。阿里用一个夸张的挥手拂开了托乎提的交代。

　　阿里说:我不想攻占王都,要我坐在那我也受不了,山野和草原是我的宫殿。

托乎提征求他的条件:你欲得到什么呢?

阿里说:我想得到的你们已经毁灭了,那个托乎提杀掉了我的儿子。

托乎提说:你想怎样?

阿里说:一命抵一命,我要托乎提的脑袋,托乎提来了吗?

托乎提说:噩梦伴随着托乎提,他离开王宫去照料他的骆驼了。

阿里开始打听托乎提的居住地、行为规律,托乎提一一属实说了。阿里说:我欣赏你的诚实。托乎提说:他的骆驼将带他去该去的地方。阿里说:一个人放弃他的荣耀可不是一件容易的事儿呀。

阿里十分豪爽、慷慨,设了酒宴,一桌的野味、自酿的烧酒,是土烧的陶碗,很粗糙。那气氛像是久别的老友,都敞开了喝。酒水冲淡了敌意。期间,门外传来骆驼的鸣叫。托乎提警觉了。

托乎提手下的一名随从出去又折回说:托乎提大人,骆驼要回家呢。

阿里笑了,说:托乎提,怎么,他来了?

随从慌了,自知失口,连忙称呼托乎提的假名——库鲁。

托乎提笑了,说:我真想当托乎提,那家伙的名字已经是王国累赘,我替他向你敬一碗酒。

阿里举碗,说:为托乎提的脑袋,来,干尽!现在,我告诉你,库鲁,你们的国王预先已差信使送来了一个帖子,说是奉送我最想得到的东西。

托乎提恍然。国王已抛弃了他。宴毕,阿里说委屈你们了。仍又蒙了黑布,送至峡谷,阿里说:限定三日内,送来托乎提的头,它是我最想得到的东西,那是你们王国的象征,否则,我要亲自去取。

国王惊愕托乎提的安然无恙。托乎提隐瞒了阿里的条件。他说:陛下,我已衰老,不能胜任陛下的重托,同时,我也辞掉陛下赐予我的名字,那曾带来无数荣誉、地位的名字。

托乎提离开了王宫。他像脱去官袍一样脱掉了名字,又恢复了驮工的名字——库鲁,那是他小时候的名字。街上,碰上熟悉的官吏,尊敬地称呼他托乎提大人。

他说:你认错了人了,我是库鲁。

那个托乎提是库鲁的一场梦。那么长一段空白,跳过去。现在,年老的库鲁和年幼的库鲁又衔接起来了。

库鲁察觉街头游走着陌生的面孔，那是邻国的形象特征。而且，他的国王已张贴通缉，捉拿托乎提——他清楚国王不得已做给邻国的国王看。邻国已强壮起来。

库鲁孤身一人，骑着骆驼——是带进王宫的骆驼的后代——走出城门，他的形象贴在城门一侧，他意识到，国王在逼他离开王都。

库鲁感到烈日敛收着他体内的水分，他脑子里浮现出一片水域。骆驼昂着头，奔跑起来，一路扬起沙尘。燃烧的沙漠。他知道骆驼闻到了水气，正接近他脑子里那片水域。

是童年的水。干涸的河床转弯处留下的一片水塘，惟一的缺陷是没有鸟鸣。平静展开了他生命的终点，他曾一次次打这儿出发——托乎提仅仅是一个漫长的插曲。

阿里闪出来，说：你来了，比我料想的迟了两天。我已是你的国王了。

库鲁意识到自己仍作为托乎提面对阿里，他说：你怎么放掉了特使托乎提。

阿里说：我一向珍惜你的尊严，你那可怕的主子呀，他细述了你的踪迹，你还能去哪里？

库鲁说：我能在这里再生。

阿里说：我满足你的心愿，其实，你们王国的存在仅仅是一个名称了。

水塘的水顿时洇开了艳红。落日显示它最后的辉煌。

事　实

> 围攻三日,攻克不下,这座城堡如同一根啃不动舍不掉的骨头。

　　国王观察攻城进展,很焦急。围攻三日,攻克不下,这座城堡如同一根啃不动舍不掉的骨头。后备的粮草又仅剩将士、驴马一日所需了。国王预定是攻下这座城堡顺便续补了粮草。不能再僵持下去了。

　　国王亲自督阵。三日里,他对敌方城墙的一名挥剑者的勇猛十分敬佩,可他还是立了军令状,谁取了那位持剑者的脑袋便重重有赏。

　　国王看见士兵登上城墙。一个矮个子的士兵,手持长矛,偏偏迎面杀向那挥剑者。阳光里,剑光有血色。矮个子士兵一晃,手中的矛竟刺中了持剑者的颈部,好像受伤的是那把剑,持剑者翻倒下去,那把剑还不甘心自己的命运一样,在空中停留了片刻。

　　国王在矮个子士兵身上看到了勇敢,他很兴奋。城堡终于攻下。他传令找来那个身材矮小特征的士兵。数万士兵里,找来了一名矮小身材的士兵。

　　这名士兵不是国王看中的那个士兵,但身材完全符合国王亲眼所见。国王亲切地询问他在城头厮杀的情

况。

矮个子士兵复述了战斗的情景,他举矛,以及持剑者的姿势,只是,他提供了细节,包括他的心态和对方的眼神,而国王由于距离的原因,仅能看见动作、形体的轮廓。士兵的叙述充实了国王的印象。

国王于是凭事实确信面前这名士兵就是值得重赏的那个矮个子士兵,便嘉奖了他,还授予他掌管千名士兵的衔头,这是受宠信和受赏识的人一下子提拔起来的最高的职位。

那名真正的勇士自然成了他掌管的千名士兵里的一员,只是,他不知道他创造的英雄事迹被一个特征相仿的同伴借用了,事实可以人做,也可以人说,做和说的事实是同样,事实超越了具体的人。

那位获得职位的矮个子居高临下地和真正的勇士私下里有过交谈,说:你忘掉过去的功绩,下一个战斗创造出奇迹来。

真正的勇士蔑视他,因为,勇士在迎剑而上的时候,他已趴在地上,吓得装死,可他看见了勇士的壮举。他说:忘掉吧,不得提起。

勇士创造的事实笼罩着他———一个心头之患,现在,他是那个事实的主角,他在不同场合复述这个事实的时候,幸亏勇士不在场,那个事实在他一次一次的复述中,细节不断地丰富起来,甚至,他说到了英雄行为的精神源泉是国王。

那个事实像一条船,沿途不时携装不是它本该盛装的东西。船舷重起来——过多的编造使它不堪重荷。而且,不同的说法传到勇士的耳朵,他竟憋得难受。他并不是想争回属于他的事实。

一次,勇士和同伴喝酒,喝多了。酒开启了他的话匣。他说:根本不是那么回事。

他讲了当时的事实,好像在讲他不在其中的事实——那条船,由他现在的头儿驾驶的船,一件一件东西被勇士卸下来。

同伴说:是这么回事吗?这么简单呀?

他说:就那么回事,对方挥剑,我举矛,剑快了我死,矛慢了我死,哪容得了脑袋那么复杂?

这话曲曲折折传到当了官的矮个子耳里,其中,免不了不同的传话者丰富或删减了勇士的叙述。他拍案,说:大胆!

施刑前（他拥有了这个权力），他单独和勇士谈了话，说：我已关照过你，这下，你可以彻底地从那个事实里退出了。

勇士说：不是那么回事。

他说：我说是怎么回事就是怎么回事，我明说了吧，我的职位和酬奖都是来自国王，你不可能改变事实了。

于是，他命令堵上了勇士的嘴，立即拉出去斩首。

公 主 花

> 据说，花株的轮廓，看上去犹如一个人体，像公主一样窈窕。

夜间，她梦见了花，一簇一簇，开得灿烂，却有绛红的血色。晨起，她向父王提出要那花。她说不出花的名字。王宫花园没有生长这样的花。

父王待女儿如掌上明珠，女儿不知有何心事，一直郁郁寡欢，现在开口了，父王满心欢喜，即刻派员召集画匠；举国上下的画匠都陆续打各地应召而来，计有千余之众。

父王发旨，叫画匠按公主的意愿画出花卉的图案。画匠一时困惑，不知公主心中的花是什么模样，颜色如何。画匠又不能询问，只得奉命作画。

那都是画匠亲眼见过的花。不两日，纷纷递交了画稿。父王陪公主审视画稿。公主的表情漠然，巡视一周，竟没有认定一幅。公主失望地摇头。

父王只得传旨，再重画。画匠们绞尽脑汁，揣想公主所说的花，那么渺茫。画稿展出的画都是画匠熟悉的花，千姿百态，万花争艳，凭的是侥幸了，不知哪朵对了公主梦见的花。

又一批画稿交出。连父王也期待公主看中那一幅画。公主显得倦意，有点儿失望。父王说辽阔的疆域竟没生长公主梦中的花。何况，日有所思，夜有所梦。父王甚至安排人员四处勘察奇花异草。

父王多么期望看到公主脸上绽开花一样的笑容。可她的表情是那样的冷漠。父王几乎失却了信心，反复数次，画匠们的画稿都没引起公主的欢喜。父王动怒了，说：再画不出公主说的花，一律斩首示众。

画匠们惶惶不安。一名偏远地方来的老画匠鼓起勇气，说：陛下，我们的看家本事全在这一稿画上了，我没见过这么好的画，再画实在画不出了。

父王说你们吃的是这碗饭，公主想像中的花一定有她的来由。众画匠跪叩。老画匠说：那花是公主心中的名花，小民目光狭窄，万望公主亲自作画，我们来临摹，一定不辜负陛下的愿望。

于是，铺开画纸，研妥炭墨，公主站在案前，蔑视地瞥了一眼众画匠，这一眼瞥得大家心颤，却又欣慰。公主提起画笔，一挥而就，纸上现出一簇灿烂的花，那花起初含苞欲放，搁了笔，却完全盛开了，色彩耀眼。

公主说：这就是我要的花。画匠们纷纷临摹，一时间，宫内上下，到处开放了这花，只是唤不出花名。父王派员按画上的花在疆土寻觅这稀罕的花儿。

忙乎数日，难以寻觅。那日，王宫发生了一桩事，公主失踪了，宫内顿时乱成了一锅粥。只是公主闺房里一株花盛开，惹来无数蜜蜂，嗡嗡嗡，在花丛中飞舞。据说，花株的轮廓，看上去犹如一个人体，像公主一样窈窕。父王终于醒悟：女儿大了，花儿开了。他称那花是公主花。陪伴公主的丫头说，那花香，跟公主身上散发的芳香一样。

遗 书

> 他的手稿里难免留下对同僚言行的不屑，那是引发嫉妒的清高。

这个小小的王国里，没有历史，没有名人，因为，王国里上至大臣，下至百姓，都不读书。有名声的只是国王。

国王手下一位大臣，年事已迈，他的一生平平庸庸，替国王主持起草了许许多多的公文（他想着那些像沙粒一样的文书），他是王宫里惟一的肚里有文墨的人，他不甘心像沙粒一样消失在无垠的沙漠里。

他悄悄撰写了《遗书》，那是王国惟一一部书籍，本来，他打算死后公开，那样安全。他在遗著里夸张地指责了国王，他是站在他的角度观察国王，国王每天都在他的视线之内。书里的叙述在国王来看可能是诽谤。

他持续不断地写着，死亡渐渐明显地逼近了。倒不是他衰老的身体，他已无所谓肉体了，他是想让灵魂永恒。他坚信后人将缅怀他的勇气，那样，他便获得了超越国王的荣誉。

他想不到同僚暗地里关注着他了。那天，他发现部分手稿不翼而飞了。接着,部分同僚联名控告他。他的手稿里难免留下对同僚言行的不屑,那是引发嫉妒的清高。

他看见了生命的尽头——《遗书》过早地流失出去,他病倒了。国王亲自来探望他,不露声色地安慰他,还数列了他的不可磨灭的功绩,那口气,他是国王的一只臂膀。

国王指定贴身御医前来替他诊病。他说:我很好。不过,御医还是开了一帖药。那是一计毒药。他不得不服用——他在《遗书》里也点到这个宫廷秘方。那是国王的判决。

可是,《遗书》开始流传,它有了数个抄本,其中一部流出了王宫,臣民抱着极大的兴趣传抄,竟引起了王宫空前的阅读高潮,都知道了出自他的手笔。

国王发出密令,搜查回收各类抄本,藏书者立即斩首,还株连阅读者。阅读成了冒险,是脑袋挂在头发丝上的阅读。都城弄得人心惶惶,乡村搅得鸡犬不宁。然而,严酷的惩罚仍旧抵制不住国民的好奇和热情。说书人一下热门起来,而且,一些国民悄悄地开始学习识字。他们不愿听不同的说法,惟一准确的是那本《遗书》,说书人添枝加叶,甚至引入了神话。

过了十年,搜查逐渐放松,据传,国王已经宣布解禁——一位继任的国王,想提高威望,借助了《遗书》对前任的贬责,并且,塑了一尊《遗书》作者的雕像,声称那是王国的标志。

料想不到的是,举国已失却了阅读《遗书》的热情,国民渐渐地淡忘了《遗书》,至多,看见塑像可以探询它还有一本遗著。值得提一笔的是,泥模印刷凭借《遗书》一时的风行已在国域里站住了脚,它成了复制佛像、佛经的最佳工具。那部《遗书》却失传了,而塑像坍塌在永恒的沙漠里。

忙乎数日，难以寻觅。那日，王宫发生了一桩事，公主失踪了，宫内顿时乱成了一锅粥。只是公主闺房里一株花盛开，惹来无数蜜蜂，嗡嗡嗡，在花丛中飞舞。据说，花株的轮廓，看上去犹如一个人体，像公主一样窈窕。父王终于醒悟：女儿大了，花儿开了。他称那花是公主花。陪伴公主的丫头说，那花香，跟公主身上散发的芳香一样。